KB058295

매화는 내 딸
매실은 내 아들

1

매화는 내 딸
매실은 내 아들

1

아름다운 농사꾼

홍쌍리 자전시집

스타북스

시인의 옷에는 꽃이 있다.
시인의 밥상에는 목소리가 있고,
시인의 문장에서는 땀냄새가 난다.

이 책을 읽고 나면 시인의 인생은
나를 두고 먼저 떠난
보고 싶은 우리 엄마가 된다.

김재원 _ 아나운서, KBS 아침마당 진행

이름도 예쁜 홍쌍리는 농부다. 농부는 '지아비 夫'를 쓰니 구태여 쓰자면 農婦쯤 되겠다. 21세기에 남녀를 구분짓는 용어를 끄집어내니까 만망하긴 하다. 하지만 홍쌍리는 여자 농사꾼으로 남정네들이 해내지 못할 대업을 성취했고 지금도 하는 중이다.

광양시청 농작물 담당하는 부서에서는 나에게 이렇게 말했다. "광양 전역 매실은 홍쌍리가 만들었다."

논밭 일구고 재첩 잡아 살던 광양 농가에서 매실농사로 돈을 벌게 된 연유도 홍쌍리였고, 과실을 맺기 전에 찬란하게 반짝이는 매화를 축제로 만들어 외지인들을 불러모은 시작도 홍쌍리였다. 이제 섬진강 십리 매화길은 쌍계사 십리 벚꽃보다 더 찬란하다.

나는 1999년 봄날 홍쌍리를 처음 보았다. 그 뒤로 나는 그녀를 어머니라고 부른다. 아들 김민수는 동갑내기 친구다. 둘 다 30대 초반으로 철없이 술 먹고 매화꽃 자랑하면서 다녔다.

그런 김민수와 나는 철이 제법 들어서 글도 쓰고 어머니 홍쌍리 뒤를 이어서 매실밭을 가꾼다. 그런데 이 친구가 늘 입에 달고 사는 말이 있다. "우리 어머니 이제 쫌 일 안하고 놀았으면 좋겠다."

내가 봐도 그렇다. 이제 쉬면서 놀러도 다니고 흙일일랑 젊은이들한테 맡겨도 될 텐데 어머니는 살벌하게 일한다. "매실 덕분에 건강하다"면서 또 그 건강한 몸을 매실한테 헌신 중이다. 어머니, 진짜로 쫌 쉬엄쉬엄 하세요.

이 시집에는 잠시도 쉬지 않는 농부 홍쌍리 인생이 기록돼 있다. 개량한복 곱게 입고 손님 맞는, 겉으로 보이는 꽃의 여인 홍쌍리가 아니다. 그 화려함과 찬란함을 이룩할 때까지 홍쌍리가 내뱉은 한숨과 닦아낸 눈물과 두 손을 나무껍질처럼 거칠게 만든 돌무더기들이 기록돼 있다. 예컨대, 홍쌍리가 개울물에게 말을 건다.

〈물 나무 사람〉
얼음 속에서 흐르는 물은
돌에 부딪치고 나무뿌리에 부딪쳐
아파도 말을 못할 뿐이지
도랑물아 니들도 아프지

읽는 내가 아프다. 그 개울물처럼 아픈 홍쌍리는 '국제시장에서 부러움 받고 살다가/23살 12월 23일 밤 7시 30분경/어두운 논두렁길 등잔불 들고/산꼭대기 올라가던 새 각시는/지게 작대기 같은 여자 말고/남들처럼 보통 여자로/한 번만이라도 살고 싶었는데'('여자로 살고 싶다') 남 좋으라고 실컷 노동하며 평생을 살았다.
앞으로도 계속 노동하면서 살 분이 틀림없는 어머니 홍쌍리에게, 건강하게 사시고 행복하게 사시라고 부탁드린다. 그녀가 사는 법이 이 시집에 가득하다.

박종인 _ 조선일보 선임기자

좋았습니다

홍쌍리 낙원에서
꽃과 함께 망중한을 즐기시는
'인생고수'라는 프로 잘 봤습니다
천당이 있다면
바로 그곳이 아닌가 하는 현상이기도 했습니다

'꽃방석에 앉아
꽃노래 하며 꽃반지 만들어
청년 손에 채워 주거라
자연이 내 마당이요
자연이 내 집 안방이요'
등등의 읊조림은
어느 작가의 필끝에서 나오겠습니까
좋았습니다
시청자 모두가 그렇게 살기를
염원했으리라 봅니다
건강만 하이소

최불암 _ 배우

쌍리처럼만 I

참 잘 살아왔다
후회도 있고 아쉬움도 있는 인생이었지만
그래도 참 잘 살았다

혼자 잘 먹고 잘 살려 용쓰는 인생도 많은데
마음 잃지 않고 이루어 나가는 모습 보니
용하고 장하다

거저 되는 일 없을 텐데 서럽고 속상한 마음
매화나무 붙들고 얼마나 울었을까
그래도 포기하지 않고 참 잘 살았다

마음 잃지 말고 포기하지 말고
쌍리처럼만 살아라
자식 놈 들아

진운찬 _ 촬영감독

24살 가시나는
외로운 산비탈에 홀로 핀 흰 백합꽃처럼 살기 싫어서
사람이 보고 싶고 그리워서
섬진강 새벽안개 솜털이불 덮어놓은 듯 아름다운 이곳에
매화나무 잔뜩 심어놓고
5년이면 꽃이 피겠지
10년이면 소득이 있겠지
20년이면 세상 사람 내 품에 다 오겠지

도시 가시나라고 못할 게 뭐 있는데
농사는 작품
자연은 천국
꽃 물결 사람 물결
일 년에 수백만 명씩 방문하시는 천사들

꽃같이 활짝 웃고
아름다운 꽃향기 가슴 가득 담아가서 행복하시라고
저 악산을 꽃천국 만드느라 인간불도저로 살아온 홍쌍리는
매화꽃 심고 가꾸다 죽어서도 거름밥이 되어
내 딸 매화꽃 에미가 될 것입니다

아름다운농사꾼 홍쌍리

②

내 무릎에
핀 매화

3

밤나무를
베면서

1

살아
보니

니 모습 내 못 보고
니 말 내 못 들었다
미운 마음 열 가지 중
좋은 말 좋은 모습 단 하나만 생각하자

흙

흙은 삶의 터전
내 마음 의지할 곳 없어 어디론가 훨훨 날아갈 때
내 손 꼭 잡고
"새댁아, 니 손을 호미 괭이 삽으로 만들어
흙에 정 붙여 꽃길 만들어 봐
웃음꽃 피는 '홍쌍리매실마을' 만들어 봐"

밟히고 밟혀도 아프다 말없는 흙처럼
넓은 가슴으로 살게 한
그 옛날 봉창 문 사이로 별이 빛나는 여덟 평 흙집에서
캄캄한 어둠 속 내 마음에 빛과 희망을 준 흙
꽃다운 도시 가스나 마음을 꼬옥 잡아주던
고마운 흙.

매화는 내 딸, 매실은 내 아들

매화꽃아 니는 내 딸이제
매실아 니는 내 아들이제
아침이슬아 니는 내 보석이제
이 여인이 부러우면 흙의 주인이 되어보소

흙아 니는 내 밥 이제
산천초목아 니는 내 반찬이제
흐르는 계곡물은 숭늉으로 끓여 마시고
산에서 일하다 땀을 닦고 내려다 보이까네
흙은 내 넓은 가슴이네
야생화는 내 심장이네
흐르는 시냇물은 내 핏줄이네

오, 흙이시여
이 여인 흙의 주인이 아니었다면
뭘 하고 살았을까
흙은 이 여인의 인생인 것을
흙의 진미를 먹고 사는 여자인 것을

살아보니

억울한 말 한마디
잠 못 들만큼 미워도
따지지 않고 대꾸하지 않고
상대방 화 풀릴 때까지 참았다

니 모습 내 못 보고
니 말 내 못 들었다
미운 마음 열 가지 중
좋은 말 좋은 모습 단 하나만 생각하자

욕하고 싶지만 입 더러워질까 봐
미워하고 싶어도 내 마음 아플까 봐

이 좋은 세상 좋은 인연으로
따독따독하고 살재이

희망의 꽃 매화

지리산 백운산 굽이굽이 흐르는
맑고 아름다운 섬진강변
겨울에 움츠린 가슴 활짝 열어라

흐드러지게 핀 매화꽃
예쁘게 쌓은 돌담길
한 걸음 한 걸음마다
행복을 가슴 가득 담을 수 있는 이 길

매화꽃처럼 맑은 마음에
매화꽃처럼 밝은 모습으로
매화꽃같이 활짝 웃으며
눈가가 촉촉이 젖을 만큼 아름다운 꽃 향을
오시는 분마다 가슴 가득히 보듬고 가셔서
행복하소서

깨끗한 자연을

손님들이 버린 담배꽁초
또 다른 손님들이 줍는다
꽃구경 오시는 분마다
쓰레기나 담배꽁초 자꾸 버리면
청소비 받아야 한다

돈 내고 꽃구경 하실래요
쓰레기 없는 깨끗한 꽃구경 하실래요
앞으로 가는 가재한테 배울래요
옆으로 가는 참게한테 배울래요

사람은 부모와 선생님께 배웁니다
어른이 버리면 아이들도 따라서 버립니다
내 집만 깨끗하게 치우지 말고
자연도 깨끗하면 얼마나 좋습니까

건강한 삶

입이 맛있으면
뱃속 세균과 염증도 맛있다 하네
오장육부가 좋아하는 오미오색은
맵고 짜고 시고 떫고 쓴 맛

많이 먹고 보니
코로나는 맛없다고
저 멀리 달음박질 치더라

건강한 밥상은 산에 있고 밭에 있데이
하루 한 끼라도 오미오색을 먹고
건강합시다

내 마음 아플까 봐

상대방이 화났을 때
대꾸하지 말았더라면
그 대꾸 한마디가
내 마음을 왜 이렇게 괴롭힐까
내가 한발 물러섰더라면
잠 못 자고 뒤척이지는 안했을 긴데

가까운 사람에게서
생각지도 못한 말 듣고
부예나고 참기 힘들어도
내 마음 아플까 봐
내 가슴한테 미안해서
남은 인생 더 많은 칭찬
더 많은 인사하도록 노력할게요

행복

꽃보다 더 곱고
풀보다 더 젊게

8학년 1반 꽃다운 나이에
양지 바른 풀밭에서
꽃딸 보듬고 도란도란 주고 받는 이야기

행복이 별 것인가
내같이 아들 딸 많은 부자
오~ 나는 행복한 엄마

고무신

날마다 산 일 밭 일로
이 몸 싣고 다니며 고생하는 고무신
무거운 짐을 머리에 이고
걷고 또 걸어도 무겁다 말없는 고무신

장날이면 구멍 난 고무신 때우려고
줄을 서는데
떨어져 구멍 날 때보다
때울 때가 더 아픈 고무신

세월의 무게를 너는 알것제
이제는 좀 쉬거라
소중한 내 고무신아

항아리

혼이 담긴 항아리를
며느리들은 새 집으로 이사 가며 다 깨버렸고
시어매들은 나를 보면
항아리 맷돌 절구통 팔아서 용돈 만들고

골목마다 머리에 이고 굴려 내려오다
고무신에 미끄러져 발목이 너무 아파 앉았는데
밥 주는 사람, 고구마, 물 한 바가지 주는 사람
고마워요

대구에서 땅에 묻힌 항아리 80개 파오는데
새벽 3시에 밥 해묵고 가서 파오면 밤12시 1시가 넘는다

8일째 힘들어도 항아리 주신 분 고맙고
조상님들 크고 좋은 항아리 만들어 주셔서
정말정말 고맙습니다.

묵은 김치

겉절이 같이 아삭하고 성급한 젊음보다
맵고 짠 온갖 양념을 가슴에 품고도
쓰리다 아프다 말없이 푸욱 삭은 묵은김치 그 맛처럼
마음을 헤아릴 수 있는
사람이 될 수 있다면 좋겠다

겉절이 열무김치 먹을 때는
성급한 아들 생각나고
묵은 김치 먹을 때는
할매 엄마 생각나고

부추

부추는 따신 성질이라 특히 남정네들에게 좋다고
첫 부추를 남정네들만 먹게 한 옛 여인네들

부추는 15일마다 베고 초가을까지 먹을 수 있어
칼을 부추 밭에 아예 꽂아놓는다

밭에 갈 때마다 부추를 베와서
나물, 겉절이, 부침개 어디든 많이 쓰지만
아무리 좋아도 부추를 집에 심지는 않는다.

옛날 집안에 초상이 나면 지붕에 흰 옷을 올리고
여인네들이 머리 풀고 곡소리 세 번 냈다

부추는 언제나 머리를 풀고 있어
집안과 담장 밑에는 안 심고
좀 떨어진 텃밭에 심는다
지금도
다른 채소 다 심어도 부추 심은 집은 없다

어둠 속의 굼벵이

지렁이는
"굼벵아 어서 숨어라
두더지가 우리 잡아묵을라고
땅굴 파고 있다"
"지렁아 니나 어서 숨어"
서로 도우며 7년을 어둠 속에서 살다가
세상 밖에 나와
7일을 나무에서 노래 부르다
가버린 매미가 그리워
이슬 맺힌 나무야

밥 한 그릇

깊은 산 속에서 지고 내려오는 나뭇짐이
얼마나 무거우면 뽀도독 뽀도독 지게 소리

오솔길에 나뭇짐 받쳐놓고
담배연기 뿜어내는 긴 한숨에
옷깃으로 땀 훔치고 허기를 달래네

보리죽 말고 밥 한 그릇
배불리 먹기를 원함이 아니던가
언제쯤 마음 놓고
밥 한 그릇 배불리 먹을 수 있을까

농민들 눈에 보이지 않는 그 꿈이
손에 잡힐 듯 말 듯
마음 놓고 끼니 걱정 없는 그 날을
오죽하면 밥이 하나님이라 했을까

약한 마음

약한 마음 눈물로 흙에 정 붙이는데
10년 고비 넘어
꽃 심고 농사짓는 재미로 살아지더라
약한 마음 힘내라고 꽃도 웃네

바윗돌 틈에 핀 진달래처럼
얼었던 꽃 뿌리도
봄이면 다시 피는 꽃처럼
봄이 걸어오는 소리에
얼음 속에 맑고 아름다운 물소리처럼
살고 보니
일하는 재미로 살아지더라

농민의 땀

벌갱이가 주렁주렁한 무 배추잎

벌갱아
내가 가꾼 채소가
참말로 니도 맛있나
그래서 우리 밭에 바글바글 살고 있나

독한 약 치면
니 죽고 내 죽을까봐 겁이 나더라
우째뿌먼 좋겠노 그쟈

니들은 좀 작게 묵어라
내도 좀 살자 벌갱아

섬진강변 사람들

섬진강 새벽안개가 만들어 준

이슬 요를 깔고
예쁜 돌맹이 베개를 베고
섬진강 새벽안개 솜털이불을 덮고

흐르는 물소리 자장가 삼아
자고 난 이 아침의 아름다움이
농민의 행복이더라

땀방울이 보석이라면

이 여인의 땀방울이 보석이라면
방울방울 실에 엮어
마음 아픈 가슴마다
다 걸어주고 싶은데

이 여인 땀방울 보석은
실에 낄 수 없는 보석이라
너덜너덜 다 떨어진
가슴만 적시고 말았네

호미야

긴 세월동안 내 손 안에 호미 한 자루
돌맹이로 뚜드리 박고 철사로 동여맨 니 얼굴이
반쪽이 되도록 닳아도 아프다 소리 한번 안 하노
나는 휜 허리가 아픈데
니는 참말로 안 아프나

반쪽 된 호미야
땀 훔친 내 얼굴 보고 니는 와 웃는데

한 평생 동무되어 호미 니랑 나랑
여름 내내 땀 흘려 고생해도
가을이면 곳간에 곡식 부자 되어
나누어 먹을 수 있으니 참 좋다

봄에 담근 토종 갓

톡 쏘는 어린 갓은 겉절이에 알맞고
다 큰 갓은 코끝이 찡하도록 톡 쏘는 맛이
몸이 찬 사람에게 더없이 좋다

겨울 지난 봄 갓
꽃봉오리 꽃이 피기 전에 간하고
액젓에 생새우 양념하여
참깨가 조랑조랑
김치 담아 푹 삭혀 시큰할 때가 맛있다

진한 검붉은 보랏빛 토종 갓이
제일 맛있더라

가뭄에 콩 나듯

콩 한 알은 새가 먹고
콩 한 알은 벌갱이가 먹고
콩 한 알은 내가 먹으려고 심은 콩

아침 이슬에 입술 적시며
가뭄에 목말라 하나님 원망하다 쏟아진 장맛비에
콩잎 치마는 꿉꿉해서 찡찡부리 하다가
태풍에 넘어지고 쓰러져
갈기갈기 찢어진 아픔도 참는다

그 옛날 우리 남정네들 다 떨어진 짚신에
피나는 발뒤꿈치나 다를 게 뭐있나
그 아픔이 있어 삶의 진미가 소중함을 알았제

건강한 먹거리 배달부

사는 게 힘들고 어려웠던 지난날들이
빛나지 않았던 날들이 없더라
땀 흘려 세상사는 보람으로
사는 걸 배웠고
몸 아플 때는
몸에 좋은 야생화 많이 심어
건강한 밥상으로
좋은 먹거리 배달부로
나누어 먹는 걸 배웠다

올 한 해도 농사 잘 지어
좋은 먹거리 배달부가 되리라

삶의 선물

건강할 때는 뭘 모르고 살다가
병들면 살고 싶어
이 산 저 산 풀이파리 뜯어 먹네

삶의 보금자리는 흙
울타리는 나무
돌 틈새 샘물은 약수

그 아픈 추위에도
봄이면 마른 가지에 움이 트데
새싹이 준 보약 뜯어 먹으며
새들과 이바구하고 울다 웃다가
이 가슴에도 움이 트더라

자연이 준 삶의 선물
이 은공을 어찌 다 갚을 것인가

겨우살이

가을 서리에도 방긋 웃는 겨우살이
부글부글 된장에 지져
밥에 걸쳐 먹어 봐
둘이 먹다 하나가 죽어도 몰라

꽃샘추위 눈 속에서도 얼어 죽지 않고
설 지난 3월에 손으로 뚝뚝 뜯어
봄 겉절이에 재피가루는 구충제
참기름 깨 듬뿍 넣고 밥 비벼
볼태기가 터지도록 배불리 먹고
낮잠 한숨 자고 뒤돌아서면 배 꺼지고
방귀를 뀌어도 소리만 크지 냄새는 없더라

장맛비

아파하는 오이 가지 호박 고추 열무 배추야
장맛비에 다 물러 얼마나 아팠을꼬

고추는 다 떨어져 온 밭이 벌겋제
풀은 호랭이가 새끼 낳기 생겼제
날마다 밭매다 보니 다리가 너무 아파
일어서지도 못하겠네
농민의 시장은 밭인데 시장에 먹거리가 없네

하느님
우리 농민 뭘 먹고 살라꼬예

자연만큼

나뭇가지 지팡이 만들려고
낫으로 치는데 눈물만 찔끔 흘릴 뿐
아프다 말이 없는 지팡이

가랑비에 옷 젖을까 봐
우산 돼주는 토란이파리
산에서 일할 때 소나기 쏟아지면
비 피할 수 있는 바윗돌 지붕

자연이 준 이 행복
자연이 준 이 고마움
하나도 버릴 게 없네

제비꽃

매화꽃이 휘날리는 이 봄날
따뜻한 양지에 핀 제비꽃은
봄비에 세수하고
보슬비에 손발 씻고
소낙비에 목욕하고
어두운 흙이불 벗어버리고
뽀시시 세상에 나와보니
동무가 많아 참 좋다 하네

우리 인생살이도 들꽃처럼 산다면
법이 없는 나라
대문 울타리가 없는 행복한 나라
세상사람 얼굴마다 웃음꽃이 피겠제

오늘 하루

따뜻한 봄날같이 살았는가
더운 여름 땀 흘리며 열심히 살았는가
낙엽 지는 가을같이 쓸쓸하게 살았는가
눈보라 치는 겨울같이 아픈 삶을 살았는가

휘몰아 감은 세월 뒤돌아보라
소중한 추억들 버릴 게 없더라

계절 따라 찾아온
봄 여름 가을 겨울
위로 받은 자연아

된장은 만병통치약

시집와서 처음 들어보는 말씀
산에서 일하시던 시아버님이
"야야 된장 물에 사카린 타나레이"
큰 버지기에 찬물 한 동이 붓고
된장 한 바가지와 사카린을 타놓고는
작은 바가지를 둥둥 띄우면
일꾼들은 된장 물 한 바가지씩 마시고
땀에 젖은 삼베적삼 물에 주물러 장대에 걸쳐놓고
고봉으로 보리밥 한 그릇을 된장국에 말아
씹는 둥 마는 둥 둘러 마시고 숭늉 한 그릇 마시고
그늘에 쉬고 있는데

"아부지예 저 짠 것을.."
"야야 하루 종일 땀에 다 빠져나간 염분을
된장물이라도 안 먹어주면 어지러워 쓰러진다"
"밥상에 간장 고추장 먼저 찍어 묵고
짠 된장국 시어빠진 짠 김치

그렇게 짜게 묵어도 90살 넘어 살다가
중풍 치매도 없이 깨끗하게 가더라
싱겁게 묵으면 힘이 없어야"

간간하게 먹고 물 많이 마시고 살아도 병원도 잘 몰라
일 년에 쌀 한 말 못 먹고 살아도
그 무거운 등목짐 지게에서 뽀도독뽀도독 소리
등짐에 어깨가 굳어지도록 살면서 장작 패서
시장까지 새벽에 십리 길 걸어가
"하동 아지매요 해 있을 때 장작 좀 사주시오"
하루 종일 못 팔아 추워서 덜덜 떨다가
서산에 해 질 무렵 헐값에 팔아
구멍 난 냄비 구멍 난 고무신 떼운 값 주고
빈 지게 지고 저 모래 길 걸어가는 아재들 뱃속에서 꼬로록
소리 나네

다음날 우리 집 일 온 일꾼들

"야야 밥 많이 퍼주래이"

"예 아부지"

베푸시는 울 아버지

철없는 이 며느리에게 사람 사는 법을 알게 해주셔서 감사합
니다

딸같이 잘 키워주셨으니 아버지 뜻 잘 받들겠습니다

그대 얼굴 잊을까봐

바람 등에 업혀 저 멀리 가버린
하얀 구름 한 조각처럼
백지장같이 하얀 그대 얼굴

긴 아픔에 얼마나 외로워서
숯 검댕같이 타버린
그대 가슴

기대고 의지할 곳은 방바닥 뿐
아프고 외롭다 말 못하고
그대 눈에 고인 눈물

세월이 흐른 지금도
그대 아픔을 다 못 받아준 것이 미안해서
무담시 눈가가 젖네

걸어 온 길

오늘은 이 오솔길
내일은 저 샛길
모레는 들꽃 길

날마다 나를 반기는
이 산비탈이 행복합니다
눈물이 이슬 되어
꽃잎 입술 적심에 감사합니다

예쁜 꽃처럼 웃게 함도
어찌 이리 고마운지
하루하루 일이 있어
여기까지 걸어 온 길
다 아부지 덕입니더

공사하는 며느리

1966년도부터
밤나무 베어내고 매화나무 심는 공사
동네사람 리어카 다닐 수 있는 길 내주는 공사
버스가 올 수 있는 공사
꽃 심는 공사
구렁논 메워 주차장 만드는 공사
물구덩이 메워 크로바 심는 공사 등등...

수십 년을 공사하는 여자가 쌓는 돌담 하나하나에
떨어진 눈물 콧물
한겨울의 돌담 공사는 누굴 위해
오늘도 쌓고 있는지

세멘독毒 때문에 안 아픈 손가락이 없지만
험한 산 넘을 때마다
아버지 며느리에게 용기 달라고
마음속으로 기도합니다

고사리 꺾는 모녀

새벽 숲속 산길 꾀꼬리 노래 소리에
나도 모르게 흥얼거리네
이 산 저 산 오르내려도 힘든 줄 모르네
고사리 망태기 내려놓고 땀 훔치며
두 손으로 떠 마시는 개울물이 꿀맛이네
고사리 한 망태기 걸머지고 내려오는 숲속 길
조상님 제사상 차릴 생각에 와 이래 좋노

"어매, 고사리 꺾을 때 잼있더나"
"이마~안큼 재있더라"
"어매, 니도 배고프제. 나도 배에서 자꾸 소리가 난다"

막내야, 취나물 삿갓대가리 꺾어왔다
보리밥 생된장에 볼때기가 터지도록
쌈싸묵는 이 맛 시장이 반찬이네

"막내야, 니도 참말로 맛있제"

"어매, 이래 맛있는 거 첨 묵어본다 그쟈"

조상님 제삿상 정성껏 차려
고사리나물에 밥 비벼 맛있게 나눠 묵고
한 보따리씩 싸 줄 형제들 만나는 날
조상님 덕으로 그리운 얼굴 볼 수 있는
명절이나 제사 때가 참 좋다

고추

헌칠하게 키가 큰 고추 대에 하얀 고추 꽃은
파란 고추 잎 저고리 속에 숨어
새색시 작은 젖가슴처럼 보일 듯 말 듯
누가 볼까 수줍은 고추 꽃 젖가슴

시건방진 풋고추는 멋 낸다고
보란 듯이 주렁주렁

하얀 고추 꽃 젖가슴 졸라매고
파란 고추 잎 저고리에
고운 홍고추 다홍치마 차려입은 새색시는
늙은 여인 이고 가는 대소쿠리 가마 타고
넓은 세상 구경하며 웃으면서 시집가네

2

내 무릎에
핀 매화

더덕더덕 꿰맨 몸뻬가 더 따시고
어쩌다 한 번씩 방망이로 뚜드려 씻어
뜨근뜨근한 아랫목에 밤새도록 말린 매화꽃 내 딸
매화꽃 활짝 핀 무명 몸뻬에 깃들어
모든 시름 다 잊게 한 내 딸 매화

구름아 바람아

파란 가을 하늘 뭉게구름에
잘 있냐 안부 편지 써 보낼까
오곡이 익어가는 가을바람에
편지를 띄워 볼까
하늘나라에서는 아프지 말라고

오늘은 흙에다 쓴 편지를
쓰고 또 썼는데
흙에 쓴 편지는
가을비에 다 젖어 흔적도 없네

임권택 감독님

비, 태풍에
새벽도 밤중도 없이
여기저기서 안부 전화 주십니다

오늘은 임권택 감독님
불편한 몸에 떨리는 목소리로
"홍 여사, 건강은 괜찮나. 비 피해는.."
감독님 감사합니다
홍 여사는 '사람부자'라는 그 말씀
제가 들어도 되겠지예
오래오래 건강하이소

전화 주시는 분마다
"홍 여사, 아프다는 소문만 나지마라"
"예, 90살까지 살면서 천국 만들께에
오시는 분마다 천사가 되어 가시길 소원합니데이"

이화상회

군밤장사 아지매가 밤 여덟시 쯤
"이 밤에 왜 왔는데"
"오늘 밤 아부지 제사라서"

밤 대추 곶감 문어 명태 새우 홍합을
신문지에 싸서 봉지에 담아
아이 포대기 속에 넣어줌서
"뒤돌아보지 말고 퍼뜩 가소
등에 업힌 얼라가 손발이 얼어 시커멓네
얼릉 집에 가서 아 좀 녹이소"
아지매 보내고 뒤돌아서 막 울었다

내 동생은 엄마 등에 업혀보지도 못하고
다섯 딸이 밤마다 울던 생각이 나서
퍼주다 쫓겨나도 또 퍼주다 보니
이화상회에는 사람들이 바글바글
쪼깨난 금고가 큰 금고가 돼 쌓인 돈

한소쿠리씩 쌓인 돈 고르다가 자불기까지 해도
숙모님은 유리창으로 내다보고만 있드만

내 시집 온 뒤 4년 만에 장사 안돼서
집도 팔고 살기 힘들어진 숙모
소탐대실 장사 잘 되면
좀 퍼줘도 되는데

그때는 왜 몰랐을까

철없는 내 새끼들
독하게 일만 부려먹던 에미는
엄마 노릇 못한 것을 아무리 후회해도
아무 소용이 없네

흰 머리 비뚤어진 팔, 다리
어느새 에미는 고목이 됐네
그 옛날 내 모습이 그리워
긴 한숨에 눈가가 젖네

내 새끼들 업고 안아 젖 물릴 때가
웃음꽃이 피었는데
그때는 왜 몰랐을까
미안하다 내 새끼들아

그리운 님 단풍

잎 피고 꽃이 열매로 익어가는 가을
빨간 치마 노랑 저고리 그님
가을바람에 우수수 떨어지는 소리에
해마다 그님을 기다리는
가을이 너무 멀어 설레는 마음

가을단풍 그님이 보고 싶어
책갈피 속에 잠들게 했네
그리운 가을
그님이 그리워서

그리운 엄마

엄마의 삶을 살짜기 돌아본다
태어나 처음 배우는 말 엄마
넘어져 울면서도 부르는 엄마
일 나간 엄마 기다리다 배가 고파
멀리서 목소리만 들려도 악을 쓰고 부르는 엄마
학교 갔다 돌아와 책 보따리 던져놓고
뒷밭에서 일하는 엄마를 부르고 또 부르고

자식 크면서
애타는 일은 가슴에다 삼키고
큰 역경에도 굴하지 않은 엄마
밟힐수록 강해지는 질경이보다 더 질기던 엄마
자식 걱정이 일번이던 엄마

나이 먹고 잠 안 올 때 엄마 딸은
검은 머리 백발 되도록 고생한 엄마 보고 싶어
눈물에 엄마 사진이 다 젖네

가물가물 엄마 얼굴이 떠올라 잠이 더 안 오네
엄~마

디딤돌

돌멩이에 걸려 넘어지면
무릎에 피 나제
고랑 물에 하나하나 놓인 돌은
디딤돌이 되더라
디딤돌이 될 수 있는 인간이 되자

나 혼자 잘 살고 즐거우면 뭐 해
엄마 밥상이 평생 생각나듯이
고랑물에 놓인 디딤돌 같은
꼭 필요한 삶의 디딤돌이 되면
악연은 안될낀데

꽃 중의 꽃

꽃 중의 꽃 매화꽃아
수야 엄마 가슴에
피어라 피어라 영원히 피어라
섬진강 언덕 위에 삼박재 골짝마다
섬진 주민 가슴마다 영원히 피어라

꽃 중의 꽃 매화꽃아
광양 시민 가슴에
피어라 피어라 영원히 피어라
섬진강 언덕 위에 백운산 골짝마다
광양 시민 가슴마다 영원히 피어라

김대중 대통령님

우리 집에 대통령님 오신다는 연락 받고
너무 좋아서
집 앞 88다랑이를 헬기장 만든다고
3,700대 흙을 채우고 돌담을 높이 쌓는데
포크레인 두 대가 새벽부터 어두워질 때까지
비 맞아가며 일해도 참 좋았다
그 많은 경찰이 집 하수도까지 조사하더니
경호문제로 광양제철 영빈관에서 만났다

대통령님 질문에 답변했더니
"홍여사 같은 농민이 시, 군에 한 사람씩만 있어도
우리 농업이 희망일 텐데.."
과분한 칭찬을 너무 많이 받았다

그러나
절차를 밟아야 하는데 법을 몰라서
고발을 당해 경찰서 3번 법원 3번

조사 받는데 왜 그리 떨리는지
내 땅에 흙 메워서 대통령님 헬기 앉도록
열심히 일만 잘하면 되는 줄 알았다

아무도 알려주는 사람 없어
이렇게 법이 무서운 줄 몰랐다
고발 때문에 예쁜 내 얼굴 어디 가고
폭삭 늙어 버렸네

꽃샘추위

욱~하는 마음에 심술부리는
시건방진 선머슴 같은 꽃샘추위야
막바지 추위에 떨고 있는 꽃잎들에게
미안하다 말도 없이
저 구름 따라 가버린 얄미운 꽃샘추위야
미안하다 인사나 쫌 하고 가지

꿈

삶이 아무리 팍팍해도
꿈을 내동댕이치지는 마라
깨지지 않는 별 같은 꿈이
빛날 날이 있으리라

질펀한 진흙 속에 핀 연꽃처럼
비구름에 가려도 다시 빛나는 별처럼
우리 앞에도
웃음꽃 피는 꿈은 오리라

나이 들어봐라

기쁨도 걱정도
싱겁지도 짜지도 않은
먹기 좋은 양념만큼만
걱정하며 웃으며 살자

목마름은 물
삶의 갈증은 밥
그래도 삶이 얼마나 소중한 추억이든가
꽃 보며 웃고
익어가는 곡식 보며 웃자

머리는 하얀 꽃
곱게 늙어가는 얼굴은 주름 꽃
빙그레 웃는 미소도 기쁨도 걱정도
저 강물에 다 떠내려가고 없더라
이렇게 살면 잘 살은기제

나팔꽃

매화나무 가지에 걸터앉아
예쁜 나팔꽃 한 번만 쳐다봐달라고
아침에 피었다가 봐주는 이 없는 이 밤

시들어버린 나팔꽃에 이슬이 맺혀
쓸쓸히 지고 마는 그 외로움
니 마음 내는 알제
나팔꽃아

내 맘 들어주는 산

삶이 힘들 때 소리 한 번 질러삐라
저 산천 메아리가 답하도록

삶이 벅찰 때 펑펑 울어삐라
저 산천이 같이 울어주도록

마음이 아플 때는 한숨 한 번 쉬어삐라
저 산 등에 업힌 황혼 속에 피어오른 물안개처럼

외로워서 눈물 날 땐 노래 한 번 불러삐라
새벽을 알리는 새들 노래 소리처럼

아름답던 내 인생의 황혼 꽃도
저 산 넘어가는 걸
영원을 꿈꾸지 말고
이 시간을 잘 살다가
홀로 핀 백합꽃처럼
향기로운 삶을 살다 가세

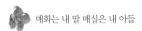

매화는 내 딸 매실은 내 아들

내 손발아

손에 잡히는 것이 너무 많아
손이 아픕니다
이 산 저 산 일하느리
다리도 아픕니다

내가 가는 이 길이
높은 산 절벽일지라도
꽃길이라 생각하고 여기까지 걸어 온
내 손발아

다친 데마다 너무 아파
짠해서 우짜노
그래도 일할 때는 아픈 줄 몰라

소중한 내 손발 있어
꽃동산 만들 수 있어 행복한 삶아
3일만 일 안 해도 덜 아픕니다.

내 손

봄이면 씨앗 뿌려 가꾸는 것도 내 손
채소 뽑아 머리에 이고 오는 소쿠리 가마 타고
너풀너풀 춤추는 열무 얼갈이배추 깻잎 파
뽑고 따오는 것도 내 손
나물 무치고 국 끓이는 것도 내 손
내 입맛을 잘 아는 것도 내 손
내 요리사는 내 손이더라

가뭄

매화야 매실아 아들딸들아
이 에미 눈물이 빗방울이 될 수만 있다면
느그들 입술이라도 적셔줄 텐데
에미 가슴이 말라서 적셔주지 못하는
이 에미 심정을 느그들이 알까

하느님 어서 빨리 비를 주셔서
내 새끼들 목욕 좀 시켜주소
이 몸이 죽어서 뼛가루가 된다면
내 새끼들과 같이 살게
매화나무 밑에 뿌려 주소

내 무릎에 핀 매화

다 떨어진 무명몸빼 무릎에
매화꽃 수를 놓는다
바늘에 찔려 아파도
엄마랑 같이 일하고
엄마 무릎에 앉아
환하게 웃어주는 내 딸 매화

더덕더덕 꿰맨 몸빼가 더 따시고
어쩌다 한 번씩 방망이로 뚜드려 씻어
뜨근뜨근한 아랫목에 밤새도록 말린 매화꽃 내 딸

매화꽃 활짝 핀 무명 몸빼에 깃들어
모든 시름 다 잊게 한
내 딸 매화

우리 엄마

젖 많이 나오라고
밥솥에 누룽지 끓여 마시던 우리 엄마

헐렁한 된장국물에 보리밥 말아
한 투가리 후루룩 마시던 우리 엄마

밥솥 가운데 놔둔 양재기에 밥물 받아
사카린 타서 떠먹여 주던 우리 엄마

보리밥 꼭꼭 씹어 입에 넣어주던 우리 엄마

이웃집 모내기 가서 보리밥 한 바가지 얻어와
떠먹여 주고 또 모내기 가던 우리 엄마

새끼들 배불리 밥 먹이는 게 소원이던 우리 엄마

엄마는 당연히 그런 줄 알았는데

엄마는 당연히 그런 줄 알았는데

하얀 머리 이 나이에야 철이 들어 엄마 생각에
대답 없는 엄마를 목 놓아 불러보네
엄마

농사꾼의 삶

산에 있는 약초야
땅에서 자란 새싹들아
느그들이 있는 보약 밥상으로
즐겁고 건강하게 해줘서 고마워

木=신맛, 간, 매실
火=쓴맛, 심장
土=단맛, 비장, 위장
金=매운맛, 폐
水=짠맛, 신장
오미오색 오장육부五味五色 五臟六腑

자연은 사람과 같은 것
철 따라 산에서 들에서 건강을 지켜준
풀잎, 꽃잎, 열매, 뿌리, 생강, 대추, 매실, 계피, 민들레, 돌배,
말린 칡

땀 많이 흘린 여름에는
간간하게 먹고 물 많이 마시자
겨울에는 싱겁게 먹고
따뜻한 물 많이 마시자
몸이 따뜻해야 건강해진다

농사꾼이라서 뭐?

도시 사람 보기에
불쌍한 농민일지라도
하루하루 일하며
기분 좋으면 최고지 뭐

흙 묻고 떨어진 옷이면 어때
건강하면 되지 뭐
이 산 저 산 일 나갈 때마다
여왕벌이 따라 오더라

태풍

깊은 산기슭에서 흘러오는 생명의 물로
농사짓고 먹고 사는 농민의 삶을
태풍아 니가 뭔데
생명 줄인 저 논밭을 떠내려가게 하노

앙상하게 돌만 남은 저 땅
흙은 얼마나 아파 울었을꼬

하나님
장대같은 비 맞으며
두 손 모아 기도하는 저 울음소리 들리능교
하느님이 뚜디리 패는 회초리가
너무 아프다 안합니꺼 예?

눈물 1

험한 가시밭길 걸어가며
흘린 눈물
꼬불꼬불 돌맹이 길에
흘린 눈물
주럭주럭 내리는 비 맞으며
강가에 주저앉아 펑펑 울며
흘린 눈물

저 강물에 내 눈물이 흘러흘러
어디로 갔는지 몰라도
실컷 울다 정신 차려보니 가슴이 후련
눈물도 약이데

눈물 2

눈물보다 웃고 산 날들이 더 많은데
와 눈물짓던 날들이 더 생각이 나노

가시밭길 헤치며 살아 온 젊은 시절
눈물 콧물 실컷 울고 나니
나뭇잎이 이제는 울지 말고
더 많이 웃고 살자 하네

달

달
매화꽃에 내려앉아
그네 타는 초승달

여인네 눈썹이 초승달 닮았다면 참 예쁠 낀데
여인네 입술이 반달 닮았다면 보는 이마다 행복할 낀데

보름달처럼 활짝 웃는 삶을
살고 있다는 것만으로도 행복한 일이제

담배꽁초

담배만 입에 물면
그리 기분이 좋아지는지

뿜어내는 담배 연기 볼 때마다
아픈 수야아부지 걱정하는 내 맘도 모르고

몰래 부엌에서 피우던 담배꽁초는
아궁이에 던져버리고
행여 담배 냄새 날까 입을 헹구던 수야아부지

손가락 끝에 담배물이 들도록 피우다가
저 멀리 떠나버린 수야아부지
좋아하던 담배라도 원 없이 피우다 가시게 놔둘 걸
아무리 후회한들 다 소용없는 일이네

샘물

한여름 더울 때
도시 사람들은 음료수를 마시지만
산에서 일하는 농민들은
팥죽 같은 땀을 흘리다가
샘물 한 바가지 떠서 꿀꺽꿀꺽 마시네

와, 이렇게 맛있는 샘물이
세상에 또 있을까
더위 싹 식혀준 고마운 샘물

도라지

꽃이 아름다워 많이도 심었제
도라지 밭에 드러누워
도라지꽃 머리에 꽂고
노래 한 곡 불러 본다

시원한 바람에
물결처럼 춤추는 도라지
내 마음 외로울 때
느그들 있어 행복했다

조상님 제사상에 나물로 쓰는 도라지
소금 쌀뜨물에 잠깐 담궈 뒀다가
매실 초무침하면 새콤달콤 맛있네

겨울 도라지는 감기 예방주사

돌부리

큰 돌 앞에는 넘어지지 않는데
잘 보이지 않는 작은 돌부리에 걸려 넘어지면
무릎에서 피가 난다

그러니 작은 일에 다투지 말고
돌다리도 한 번 더 두드려 보고 건너자

바삐 먹는 밥에 체한다
급한 마음 내려놓고
편한 마음으로 웃으며 살제이

동무들

철 따라 피는
이름 노를 '풀꽃 동무'
춤추는 '나비 동무'
풀밭에 드러누운 날더러
같이 노래 부르자는 '새 동무'
밤이면 '별 동무'

농민이 아니면 이 행복을
그 누가 알리오

따신 돌솥 밥

싱싱한 채소 비빔밥에
계란 하나 얹어 먹는 따끈따끈한 밥
식을까봐 다 먹을 때까지
데워주는 돌솥 밥

따신 밥 먹을 때
동치미 김치 국물을
시원하게 한 그릇 마셔봤는가
이 얼마나 속이 시원하든가

우리 한 세상 살면서
따끈따끈한 돌솥같이
내 속도 남의 속도 다 풀어주며
밝게 웃으며 살다 가자

세상에 먹는 것만큼 소중한 게 또 있던가
돌솥비빔밥도 따실 때가 맛있제
우리 다 같이 따신 가슴으로 살면 어떻겠노

리어카

시아버지께서
65년 대통령 표창과
농림부장관상으로 받은 리어카
길이 없어 눈비 맞으며
날마다 햇볕에 서 있는 모습이 나와 같구나

나도 밤마다 외로움 달랠 길 없어
캄캄한 이 밤에
걷고 또 걸어도 맨발인줄 몰랐네

리어카야
니랑 나는 우리 집 큰 머슴
니 손 꼭 잡고 매실 나를 때마다
내 서방 같은 고마운 내 동무

맑은 공기

먹어도 되는 산속 먼지처럼
가뭄에 내리는 빗물처럼
농민의 땀 식히는 바람처럼

먼지가 뽀얀 얼굴에 땀방울 맺힌 여인이
아기 젖 먹는 소리에 미소 짓는 엄마처럼
엄마 품에서 젖 물고
방긋 웃는 아기처럼

3

밤나무를
베면서

눈물 한숨은
파도치는 저 바다에 던져버리고
갈매기 등에 업혀
이 섬 저 섬 훨훨 날아
구경 한번 가고 싶어라

망태 멘 아버지와 딸

늦가을부터 약초 캐서
끼니 때우는 아버지와 딸
아침마다 주먹밥 보자기에 싸서
품에 안고 기다리다가
망태 속에 주먹밥 넣어주며
"따뜻할 때 먹으면 좋을낀데
추워서 우짜노"
"언니 고마워"

돌아보고 또 돌아보며
저 오솔길에 망태 메고 걸어가는
그림 같은 아버지와 딸이
너무 부러워 눈가가 젖네

아침마다 망태 속에 주먹밥 넣어주는 기쁨
해질 무렵 약초 캐서 내려오면 보리쌀 퍼주던 재미
하루라도 못 보면 무담시 걱정되는
그 아버지와 딸

머슴살이

한 달 품삯 곡식을 걸머지고
어두운 밤 십리 길을 걸어
평상에 곡식 포대 내려놓고
헛기침에 문 열고 나온 마누라는
"먼 길 욕봤소"

동김치 찐고구마로 허기 채워도 와 이리 좋노
때묻은 무명이불 속에 잠든 아들 딸
젖 달라고 찡찡 부리는 막내 입에 젖 물려 재워놓고
첫 닭 울음소리에도 마누라 품이 좋아 싱글벙글
자식들은 무명이불 서로 당기고
엄마 아부지 팔베개 잠자고 싶어 하는
기쁨 눈물 따뜻한 행복
이 온돌방에 먼동이 트네

강 건너 모래사장을 걸어서
산꼭대기 남의 집 머슴살이 남정네는

한 달에 한 번씩 그 먼 길 하루 밤 자고
먼동 트면 되돌아가는 이 길이
더우면 더운대로 추우면 추운대로
보리죽을 먹어도 힘이 솟는 남정네

행복이 별건가
오두막집이라도 반겨 줄 처자식 있어
머슴살이 아무리 힘들어도 처자식 입에 풀칠할 수 있어
행복한 머슴살이

먼동이 트면

시원한 새벽 일 정신에 배고픈 줄 몰라
저 산 넘어 해지는 줄도 몰라
어둠이 갈리면 내려와
집은 쉼터일 뿐

대충 씻고 살다가
사람들 만날 때는 흙 묻은 손
돌맹이 수세미로 매 씻지만
남들 보기엔 더러운 손도 하루 밥 세끼
놀며 사는 사람도 하루 밥 세끼데

머슴같이 일만 하고 사는 이 여자야
그리 살아도 재미지냐
웅

매화야

너는 아름다운 여자의 순결처럼
옥같이 맑고 깨끗한 꽃잎 흩날리며
오편화 이슬처럼 애틋한 나의 그리움 되어
품에 안 듯 고요히 자리 잡고
향연처럼 나를 찾는 네게 노래를 불러 주리

열매를 맺으려던 겨우내 인고는
사람의 잉태와 어찌 비교되지 않으랴
아픔 후에 득도한 불자처럼 기개가 푸르른
만선 같은 내 아들 딸들아
고마운 이 마음이 에미되어 늘 너희와 함께 하련다

메마른 가지

메마른 가지는
바람에 서로 부딪힌 상처에
아파서 울고 있는데

산천은 철 따라 고운 옷 갈아입고
풀벌레 노래 소리에
잠든 자연은 언제나 웃고 있는데

그리운 그 사람은
왜 차가운 흙 이불 속에서
잠만 자는가

며느리 밑씻게

그 옛날 시어매는 얼마나 미우면
이름을 며느리 밑씻게라 지었을까
가시돋힌 밑씻게 오랑캐처럼 땅에 깔려
구절초들 다 죽게 하노

밑씻게 뽑는 아지매들 얼굴에 모기가 물면
흙손으로 이 뺨 저 뺨 때리다가
새참 때 흙 범벅이 된 얼굴을
서로 쳐다보고 하하 웃는다

수제비죽 양재기 너무 뜨거워 팔딱거리다
수제비죽에 빠진 지렁이를 건져냄서
보약 죽이라고 웃으며 먹던
우리 아지매들
농촌이 아니면 어찌 이 맛을 알겠노

목마름

목마른 풀잎 입술 적셔줄 이슬처럼
농부들 더위 먹을까 봐 부는
시원한 바람처럼
가뭄에 목말라 하는 곡식들
이 산 저 산 떠다니다 빗물 내려주는 구름처럼
풀꽃들 마음 달래주는 부슬비처럼
가뭄에 서있기 다리 아플 때
호미로 흙북해 주는 농부처럼

엄마가 보고 싶어 별을 보고
산울림이 되도록 큰 소리로 불러보는
엄마의 그리움을
별아 니는 모르제

니는 밤마다 엄마 품에 행복하게 살아서
풀잎들 목마름을 어찌 알겠나
엄마의 그리움을
별아 니가 어찌 알겠나

무 대파

무 떡잎이 보시시 눈을 뜨고 세상 밖으로 나오면
벌갱이들이 쩐을 다 빨아 먹어서
무심은 4, 5일 후에
불 땐 재를 많이 뿌려놓으면
우리 예방주사 맞는 것과 같다

재를 무밭에 뿌리면 벌갱이는 '내 죽는다'고 난리고
무는 '거름 밥 줘서 고맙다' 하네
이 모두가 조상님의 지혜다

아침 이슬에 재를 뿌리면
채소들 예쁜 화장을 하고
파란 무 잎은 간
하얀 무 뿌리는 폐
무는 반찬이 열 가지에 무밥까지

대파 잎은 간

뿌리는 폐
멸치 무 대파 양파 다시마 우려내
지지고 볶을 때마다 쓰이는 육수다

오늘은 이 오미오색 내일은 저 오미오색
꼭 보약을 먹어야 하나
시래기 국밥이 보약이제

물은 고이면 썩는데

물은 고이면 썩는데
인간은 많이 보듬을수록
삶의 지혜를 배운다

엄마가 없어 갈증 나는 아이들
많이 보듬어 보래

그 고마움
말로써 어찌 다 하리요

바다여

저 멀리서 밀려오는
파도 같은 세월을 되돌아보니
잔잔한 은빛 물결
평화로운 삶도 있었더라

눈물 한숨은
파도치는 저 바다에 던져버리고
갈매기 등에 업혀
이 섬 저 섬 훨훨 날아
구경 한번 가고 싶어라

바위고개 언덕을 혼자 넘자니

처녀 때는
'바위고개 언덕을 혼자 넘자니'
노래가 좋아서 불렀는데
시집살이 서러워 부르는 이 노래가
눈물에 가슴 적실 줄 내 어찌 알았겠노

곱게 물든 꽃다운 내 모습아
지금도 꿈을 꾸네
바위틈에 핀 진달래야
산울림 되도록 '야호' 해주자
바위고개 언덕을 노래로 마음껏 불러주자
건방진 총각이 꺾을까 봐
보초 서주자

반딧불

캄캄한 이 밤에 얼마나 외로워
동무 찾아 밤마다 불 밝히고 떠돌아다닐까
한번 쳐다봐 달라고
소리 없이 떠다니는 반딧불
이 밤이 다 새도록
헤매고 다니는 반딧불
외롭고 힘들어서 우짜노 반딧불아

밤나무를 베면서

스물네 살 때
저 악산 밤나무를 톱질하다가 떨어짐서
미제 야전잠바 주머니가 나뭇가지에 걸려
대롱대롱 매달려 눈을 감았네

춘화가 '형수 눈 뜨지 마소'
밤나무 베서 사다리 만들어
'내 손 잡고 발 디디소'
'형수 간도 크네, 저 밑을 함 보소
떨어지면 낙동강 칠 백리요'
춘화야 고맙다

큰 밤나무 둥치를 어깨에 매고 내리다 굴러
허리나 다리를 다치면
아버지는 '제발 허리만 다치지 마라'
똥물 마시면서 아버지와 함께 많이도 울었다

길 가 좋은 땅 45만평은 빚쟁이에게 다 넘어가고
죽는 한이 있어도 나는
90살까지 인간불도저가 되리라
발이 얼어 아프고
시리고 가려워서 잠을 못 자도
전쟁에 2등은 없다 밀어 붙이자

짧은 머리 야전잠바 스모르바지 털신에
일하다 동네 가면
'상이용사 내려온다' 소리 듣기는 싫지만
병든 남편 어린 자식 밥 먹고 살아야제
남자도 여자도 아닌 내 젊음
이 산천에 다 바쳐도 후회는 없다

험한 고비 잘 넘기고 보니 웃음꽃이 피더라
아부지예 이 며느리 딸처럼 잘 키워주셔서 고맙습니다
이 모두가 아부지 덕이지예

밥상

밭 갈고 씨앗 뿌려
잘 가꾼 농민이 고생한 보람은 밥상
생명력 주는 봄의 첫 순
아름다운 상차림
국 밥 반찬 예쁜 그릇으로 화장한 밥상
보기만 해도 군침이 솟네

기분 좋은 것도 밥상
웃음꽃 피는 것도 밥상
'밥 한번 먹자'가 최고의 인사

따뜻한 밥상처럼
맛있고 예쁘게 살고
배고플 때의 밥상처럼
행복하게 살자

밭은 약국

봄이면
두릅 가죽 오가피 옹개 골단추 꽃잎
사갓대가리 칡이 주는 봄의 새싹은 산이 준 약국

여름이면
무, 배추, 파, 고추, 가지, 오이, 토마토 양배추는
밭에서 주는 약국

가을이면
도라지, 더덕, 생강, 토란, 마, 비트
가을 농사 지어 올 겨울 몸보신 잘 해야
내년 농사 잘 지을 거 아이가

우리 농민의 약국은
산에 있고
들에 있더라

뱃사공

옥같이 맑고 푸른
섬진강 새벽안개는
무슨 사연 그리 많아
뱃사공 담배연기 품어 내듯이
자욱하게 깔려있나

지리산 백운산 산허리를 휘어감은
잔잔한 섬진강 물안개 속에서
무명 바지저고리에
하얀 머리띠 매고
노 젓던 뱃사공

안개 속으로 날던
기러기 울음소리는 지금도 들리는데
노 젓던 뱃사공은 어디로 가고
출렁이는 강가에
빈 배만 떠 있나

별을 품은 섬진강 용왕님

바윗돌 나무뿌리에
부서진 개울물아
구석구석 낮은 곳마다 다 채우고
졸졸 고운 목소리로 가는 길이 멀어
밤이 깊어도
바람 따라 흐르지 않았네
마중 나온 강물은
"개울물아 새들 지저귀는 소리에
동무가 많아 즐거웠제"

용왕님 품에 안겨 행복한 저 별님들은
출렁이는 물결에 얼굴 다칠까 봐
별 아들 딸 손잡고 넘실대는
저 섬진강 용왕님은 이 밤도 춤을 추네
천년만년 늙지도 죽지도 않는
행복한 섬진강 용왕님

보람있는 삶

오지 마시라고 손사래 쳐도
매화꽃을 사랑해서 먼 길 온 사람들

얼어붙은 추위에도
봄은 오고
매화꽃잎에 입맞춤하며
행복한 웃음꽃 피우는 저 많은 사람들

2020년 3월
매화꽃잎 품어
시련도 고통도 스치듯 지나가리니
보람 있는 삶을
헛되지 않게 잘 살아온
고마운 세월이여

보리는 작품

가을에 심은 보리는
겨울에는 잔디가 되어
눈 속에서 바람결에
오들오들 떨면서 춥다 하네

봄보리 잎에 맺힌 이슬은
어찌 그리도 영롱한가
보리 꽃이 바람에 물결치면
한 폭의 작품이더라

하얀 밀짚모자 쓰고
하얀 모시옷 입고
하얀 고무신 신고
보리밭 사이로 걸으니

신선이 별 것인가
보리농사 짓는 한 여인이
신선인 것을

보리밥 한 사발

거짓 없는 땀방울로 농사지어
사릿문도 없는 이 산골에
밥 때 되어 지나가는 나그네에게
밥 먹었냐 물어봐서
먼 길 옴서 시장할 낀데 밥 한술 뜨고 가이소

농촌 밥 한 끼는 고봉으로 먹어 배불러도
방귀 한번 뀌고 돌아서면 배 다 꺼지고
배속 설거지 잘해주는
나물겉저리 매실고추장 강된장비빔밥에
시래기국이면 소화 잘 되제

수많은 항아리 중
매실독아지는 소화제
된장독아지는 만병통치약
매실고추장은 식중독 예방제
보약은 장독간에 다 있다네

시장한 뱃속 채워주는 배고픈 일꾼들의
보리밥 한 사발이 농민의 보약이더라

복 한 바가지

섬진강 물 한 바가지 떠서
목마름을 적시고
샘물 한 바가지 떠서
장독 위 정한수로 바쳤는데

저 태양은 누굴 위해
세상을 밝히고 있는가
저 땅은 누굴 위해
계절 따라 아름다운 꽃이 피는가

이 좋은 세상
우리 인생 복 한 바가지 담아
나누어 먹으면 어떨까

봄

얄궂은 세상
마스크 낀 부대가 와도
봄은 오더라

매화꽃은
그리운 그 사람 기다리는데
마스크 낀 사람보고
깜짝 놀라 소리 내어 울고 있네

'야야 와 우노'
'엄마 마스크 낀 사람들이 무서워'

55년 만에 처음 있는 마스크 부대야
예쁜 매화꽃 같이 활짝 웃고
아름다운 꽃 향을 가슴 가득 보듬고 가셔서
온 가족이 건강하고 행복 하라 했는데
마스크 부대야
언제쯤일까

진주이불

잠이 오면 이슬 진주 이불
덮으면 이면 딸랑딸랑 진주 이불
가을이면 세져 진주 이불
겨울이면 얼음 진주 이불
이 많은 진주 내 혼자 가져가도 되는지
혼자이 아니며 이 많은 어쩌라지요

...

이슬마을 봉사...
.....
영이

봄꽃

엄동설한
봄바람에 일렁이는
봄꽃 닮은 내 인생

일에 스승이요
삶에 교과서 같은
일오는 아지매 아재들의
그 은혜 어찌 다 갚을까

진심으로 고맙고 감사한
이 마음을

봄나물

쌀쌀한 꽃샘추위야
'보리누름에 중늙은이 얼어 죽는다'는 옛말
봄아 이 추운데 뭘라고
그새 흙문을 열고 나와서 오들오들 떨고 있냐

달래 냉이 뜯으면서 손 시려서 호~ 해도
달래 양념장에 밥 비벼 먹음서
뜻뜻한 냉이국 한술 떠 먹어보래
자연이 준 봄맛이 입안이 가득
자연이 준 이 선물 맛있어서
세월아 좀 더디 가거라

몸은 팔팔
삶은 좀 삼삼하게
산일 들일 할 일이 너무 많은데
요새 젊은이는 촌일 안 할라고 해서
우짜노

봄비

봄비야
니는 그 고운 꽃잎 얼굴
촉촉히 적셔주고
한여름 소낙비는 예쁜 꽃 목마름을
적셔주고

바람결에 넘실대는
행복한 자연아
곱게 단장한 꽃 동무들이
많아서 날마다 웃고 살지야

봉선화

장독대 담장 밑에 하얀 수건 쓰고
하얀 앞치마 입은 여인이
이쁜 봉선화 꽃 따서
손톱에 물들였지

시집살이 서러워 울 때 귓속말로
'아지매 니 눈물 닦아줄게'
'니 마음 다 들어줄게' 하던
내 동무 봉선화
내 마음 다독여주던 봉선화

비온 뒤 땅 굳듯이

내 마음은 날더러
비온 뒤 굳은 흙처럼
단단하게 살라하네

비에 젖은 흙은
살짜기 내 옆에 와
내 두 손 꼭 잡고는
흙 매니큐어를 발라주네

밥 때 되어 아무리 잘 씻어도
손톱에 낀 흙은 잘 지지 않아
남들은 내 손이 더럽다 해도
흙 묻은 이 손으로
밥하고 반찬 만들어
식구들 배탈 없이 맛있게 잘 먹더라

비온 뒤 굳은 땅 흙처럼
단단하고 야무지게 살라하네

사람이 그리워서

꽃다운 나이에
꽃동산에 내 인생을 걸었다
사람이 보고 싶고
만남이 좋아서
동무가 좋아서
그 인정 속에 살았던 날들

그 누가 삶을 찾아 떠도는
인생이라 했던가
내 사랑하는 꽃을 찾아
웃으며 걸어가는 그 길이
행복한 꽃길인 것을

맛있는 음식에 잘 스며든
양념 같은 삶을 그 누가 마다하리오
가진 게 없어도
행복한 농민이라오

엄마 1

태어나 처음으로 배냇옷을 입고
저 세상 갈 때는 수의 한 벌 걸치고 간
우리 엄마

눈물로 저 세상 가신 엄마 붙잡고
통곡하는 다섯 딸 울음소리에
온 동네 사람들 눈물바다 만들어 놓고
그 젊은 나이에 어찌 눈을 감았을까
그 먼 길 가면서 막내딸 울음소리 못잊어
얼마나 눈물 흘렸을까

울면서 울면서 엄마를 부르다
잠이 듭니다
엄마~

사랑

내일의 기쁨을 위해
오늘 살아 숨 쉬는 것만도
행복하다
내 마음 외진 골목길 맴돌다
천천히가 아닌 바삐 걸어보아라

속 태우던 마음을
저 고랑 물결을 돌아
흘러가 부딪치는 그 마음도
뒷이야기들이 가득 고였다 흐르네

오늘을 사랑하고 사는 내 마음은
사랑하는 이와 행복하고 싶어서

젊은이들

전쟁터에서도 사랑은 숨길 수 없어
난리 통에도 아기가 태어나데
피끓던 젊음이여

산이 울도록 터지는 대포소리
반란군 들이 닥칠까봐 호롱불도 끄고
죽은 듯이 이불 둘러쓰던 우리 국민들

나라도 사랑도 잘 지켜온 젊음아
우리 국민들 마음 놓고 잘 살 수 있게
고생한 그 시절 젊은이들이여

사랑하는 사람

아픈 마음 어디론가
훨훨 날아가고 싶도록 허전할 때
내가 채워 줄 수 있는
가슴이 되어 줄게
사랑하는 그 사람 가슴이
구멍 나도록 아플 때 내가 때워줄게

사랑하는 그 사람 가슴 속에
내 마음 숨어 있다가
힘들 때 꺼내 볼 수 있는
눈물 닦아줄 보고 싶은 사람이 되어줄게

가끔 아련히 떠오르는 그 얼굴
눈가가 젖도록 그리운 그 사람
표현 못할 뿐이지 사랑이 별 것인가
보고 싶은 사람이면 사랑이제

사촌 형님

아이 다섯 명 팥죽을 끓여도
밤이나 고구마를 삶아도
'자네는 식구 작으니 내가 좀 많이 가져가네'
하시는 형님

동짓날 팥죽을 끓여
우리 한 양재기 형님 한 양재기
팥 한 되로 팥죽이 너무 맛있다
시누이가 팥죽을 머리에 이고 와서 안 내리니까
'또 팥 껍데기 갈아서 사카린 넣은 죽이제'

형님은 세 번 떠먹고는 개밥그릇에 붓는다
우리 팥죽 한 그릇 줌서
'이사 나가서도 며느리 줄라고 팥 껍데기 죽 쒀왔나
11년 같이 살면서 껍데기 죽 며느리 일꾼 줬으면 됐지
인자는 안 먹을끼다'

산

힘든 마음 참지 말고
산에 올라보래
산은
눈물 콧물 소변 대변도 다 받아주는
엄마 품속 같다

높은 산 오를 때는
힘든 마음 다 버릴 수 있고
내려올 땐 무거운 마음
다 내려놓을 수 있어
고마운 산

4

여자로
살고
싶다

삶의 아픔을 가슴에 꾹꾹 누질러 담아

흙에 꾹꾹 묻어 놓고

삽으로 꼭꼭 다지고 발로 꾹꾹 밟아

한 여인의 가슴에 심은 매화나무야

살면서

눈에 띄지 않는
작은 돌맹이에 걸려 넘어져
무릎에 피나는
인생의 아픈 삶을 맛봐야
그 돌맹이에 넘어져
또 아플까 봐
말조심
마음 조심
행동 조심

삶의 고비

71년도 큰 수술 두 번에 '살면 天命 죽으면 제命'이라며 한 인생을 살린 황순경 선생님. 73년도 광산하다가 45만평 빚잔치 다 한 뒤 남은 빚 2,700만원의 나날들. 아이들은 밥이 먹고 싶어 밥그릇에 눈물 흘리던 시절. 2008년도 큰며느리가 적자운영 못한다고 돌려받은 빚 투성이 식당. 알고 보니 논밭 집 4채 식당 3개를 박현려 자기 앞으로 등기함. 2013년도 이혼으로 이 시에미 가슴을 도려내는 피눈물. 입에서 소똥냄새 나는 삶. 시커멓게 탄 이 가슴을 하늘아 땅아 아시나요. 미국 사는 손주 새끼들 공부시키는 이 할매의 눈물을.

삶의 아픔

아프고 아프면서
삶의 예물로 바친 한 여인이 살아 온 가슴앓이

삶의 아픔을 가슴에 꾹꾹 누질러 담아
흙에 꾹꾹 묻어 놓고
삽으로 꼭꼭 다지고 발로 꾹꾹 밟아
한 여인의 가슴에 심은 매화나무야

니들이 있어 행복이 무엇인지 알았제
구비 구비 꽃동네 만들어
웃음 꽃피게 해줘서 고마운 젊음의 아픔아
오늘도 곱게 늙어가는 농사꾼이 되었제

아프고 또 아픈 그 젊음이 있어
곱게 주름진 얼굴로 웃을 수 있어
그 아픔이 행복합니다

삼베적삼

한여름
보리밥 풀 먹여
장대에 끼워 손질해
빳빳한 삼베적삼은
땀띠나 가려울 때 좋고
일할 때 땀에 목욕한
삼베적삼일지라
떨어질수록 시원해서
좋더라

상사화

이렇게 더운 여름날에
매화나무 그늘에서 대쪽같이 곧은 너의 몸매에
왕관같이 아름답고 고고한 자태가 아니라
이 애미가 보는 니년이 아무리 예뻐도
너무 거만하고 도도하면
아무도 너를 꺾어서 화병으로 시집보내지 않는다
너에게 다가서면 미소도 좀 지어 줘봐라

아무리 미인일지라도 미소와 정 없으면 뭐 해
못생겨도 따뜻한 가슴만 있다면
후회하지 않는 삶이 될 것인데

상사화 이년아!
니가 너무 아름다워서 심었는데
사람의 손이 너에게 다가설 수 없는 너의 거만함을
조금은 못난 듯 다소곳한 듯 살거라

새댁들

봄바람에 개울물이 헤적일 때
빨래하던 새댁들
웃음꽃 피던 그 날들

보고 싶은 그 사람들
되돌릴 수 없는 그 시절
그 사람들 다 어디 가고
하염없이 개울가에 혼자 앉아있노

새처럼 다람쥐처럼

밑 없는 바지에 맨발로
나뭇가지에 새끼줄 매달아
새처럼 날고뛰며
야호~
다람쥐처럼 이 나무에 번쩍 저 나무에 번쩍
발바닥은 밤 가시가 까맣제

'야 이놈아 고무신 좀 신어라'
땀을 뻘뻘 흘리며 놀다가
'엄마, 배에서 소리가 자꾸 난다'
'밥 묵자'

보리밥 상추쌈에 한 주먹씩 싸 먹어도
우째 저리 잘 커줘서 고맙드노
새끼들 크는 재미로
내 살았제
쌀 섞인 밥 못 먹여서 미안한
내 새끼들

우리 막내아들

대학 다닐 때 배 교수님이
대학교수 만들려고 아들같이 키움서 사정해도
고등학교 선생 되겠다던 우리 막내아들

"야야, 이 다음에 니 제자가
아들이 선생 하겠다고 할 때
'김 선생님 같은 선생이 되라'는 말 들을 수 있으면 선생 해"

한 번은
'도망 간 내 새끼들 찾기 전엔 학교 못 갑니다' 했다는데
우리 집에 인사 오신 교장 선생님이
'김 선생 덕분에 이젠 도망가는 학생 없다'는 말씀

어릴 적 강아지 동무로
밑 없는 바지에 맨발로
이산 저산 다람쥐같이 날아다니던 우리 막내아들
칭찬받는 선생님이 돼줘서 고마워

섬진강물

쉼 없이 흐르는 저 강물은
지리산 백운산 굽이굽이 산허리를 돌아
여인의 눈물이 보태어져
맑고 고운 푸른 물결이 됐네

저 산허리에 기대여 좀 쉬었다 가지
풀벌레 자장가 소리에 잠 한숨 자고 가지

흐르는 저 물소리
내 마음을 편하게 하는 강물
오늘도 나그네는 모래사장에
발자국을 남기네

어느 여름날

"야 이 가스나야 또 국시 쏟았나
니는 도대체 잘 하는 게 뭐고
춘화삼촌 새참 안 먹으면 배고파서 우째 일할끼고
그라고 춘화삼촌 보고 뭐라캤노
'삼촌아 국시 쏟았다고 엄마한테 일르지 마래' 해감서
국시 쏟은 지가 몇 번째고 이 가스나야
쪼깨난 가스나가 방학 내내
더워 죽겠는데 요때기 펴고 책만 보나
엄마 쫌 거들어 줘라"

"엄마 니는 맛있는 거 있으면 아들만 다 주는데
나는 일 안 할끼다"

"부예질 채울래
아들은 일 잘 거들어 주니까
'성아 본다 막내야 어서 단감 묵어뿌라'
소리가 자꾸 나오제 가스나야

니도 일 잘하면 맛있는 거 줄 꺼 아이가"

"엄마 눈치 안 보고 맛있는 거 안 묵을끼다"

"이 가스나
오냐 만날 책만 많이 봐라
더워 죽어도 방문 꼭 닫고 잘하는 짓이다"

아버지와 지게 작대기

철딱서니 없는 새댁이
정지에서 일하고 있는데
아버지는 지게 작대기를 뚜드리면서
'야야 삼박제 일간다 오이라'
'예 아부지'

'야야 시애비 접목할 낀데
니는 짚으로 감고 흙으로 야무지게 덮어야 된다
날이 가물면 반도 못 산다'
'예, 매매 덮을끼예 아부지'

'야야, 부지런히 배워서 이 땅 지켜라'
'아부지, 아들이 세명이나 있는데 와 저한테…'
'야야, 니는 내 며느리가 아니라 내 큰 아들이다'

시집살이 힘들어도 아버지랑 일할 때
울고 웃던 행복한 날들이

백발이 된 며느리는 지금도 가끔 생각납니다
고생한 우리 아버지, 딸같이 잘 키워주서서
아버지예 진심으로 고맙습니다

세월아 니 혼자 가거라

산에 사는 여자는 먹고 사는 게 바빠
젊음을 불태우지도 못하고 숯 검댕 같은 가슴으로
여자로도 한번 살지 못하고
머슴으로 살았다

산속에 핀 저 풀꽃들은
봄이면 다시 피는데
뭐하다가 주름만 남아
예쁜 그 여자 생각나서 면경 보기도 싫더라

아무리 부지런해도
하루 밥 세끼인 것을
세월아
가려거든 내 손 놓고 니 혼자 가거라

나이만 먹었지 마음은 가스나
한 번만 되돌아가고 싶어라
예쁜 그 여자 찾아 가고 싶어라

안길 곳은 어디든가

엄마 사랑이 너무 고파서
배고플 때 허기 채워줄
뜨끈뜨끈한 김치국밥 끓이면서
'식는다 따실 때 어서 먹어라'

엄마 그 맛이 너무 그리워서
엄마 그 목소리
한 번만 더 들을 수 있다면 얼마나 좋겠노

세상에 엄마 같은 좋은 이름 또 있을까
안 먹고 못사는
밥 김치 된장 같은
우리 엄마

야 이놈들아

푹 삭은 매실주같이 한번 살아 볼낀데
부예나도 한 잔 좋아도 한 잔
울고 웃던 눈물
술잔이 그립구나
우린 삼총사 동갑내기
서로 부등켜안고 먹고 자고 살아 온지 30년이 넘었는데

야 이놈들아
뭐가 그리 바빠 두 놈 다 내 혼자 두고 가버렸나
매실주 한 잔 걸치면 두 놈이 보고 싶어
눈가가 다 젓는데
달웅아 현생아
방웅이가 부르는 소리 니놈들 귀에 들리면
대답 좀 해봐라

그 이름

혼자 외칠 뿐
대답해 줄 이 없는
부르고 싶은 그 이름

소리 질러 불러도
대답은 메아리 뿐인데
오늘도 불러 보네

보고 싶고
그리운 그 사람
그 이름을

머위 잎

양지바른 흙 속에서
빨간 머위대가 뽀소시 얼굴 내밀 때
그 때가 가장 맛있다

머위 잎을 데쳐
된장, 마늘, 홍고추 썰어 넣고 참기름 쳐서
손가락 사이로 꾸정 물을

아무리 많이 먹어도
돌아서면 배 다 꺼져삐는 중풍예방제
맛있는 머위잎

어매들

60년대 밭 맬 때
재미있는 이야기는
겁나는 서방님 욕하고
시어매 숭봄서 풀 뽑다
땀 훔치고 물 한 바가지 마시고
궁둥이 흔들어감서 하하 웃는다

힘들어도 수야네 밭맬 때가
참 좋더라
보리쌀 한 되박 벌었승께
부예 다 풀 수 있어 좋고
입이 아프도록 욕하고
웃을 수 있어
수야네야 고맙데이

어매들요 내가 고맙소
내일 또 오이세이

언제나 그리움 남기는 꽃잎들

봄비가 꽃잎마다 방울방울 맺혀있네
얼마나 추웠으면 니 눈물이 얼었을까
새벽같이 버선발로 뛰어나가
두 손 모아 입김으로 호호 불어주던
시리고 얼은 에미 손에 기대면
이 에미 눈물이 앞을 가리네

내 인생의 희망이자 동무며
자식이자 서방이던 내 딸 매화
꽃비가 내리던 날 꽃잎을 날리며
에미 꽃 목욕 시켜 놓고 저 멀리 멀어져가는
니들 뒷모습에
언제나 그리움을 남기는
내 딸 매화야

그 남정네들

말 한마디로 미운 사람 되지 말자
자존심 다 내려놓고
만나면 서로 좋은 우리 농사꾼

한겨울 뜨뜻한 온돌방 앞에는 짚신들이 놓고
좋은 일 궂은 일 서로 털어놓고
감싸주던 남정네들
막걸리 한 잔에 너털웃음 소리

그 정으로 살던 그 시절이 그립구먼
그 남정네들 지금은 어느 땅 밑에서
막걸리 한잔 걸치고 웃고 있을까

수야 아버지

엄마 사랑이 그리워서
일 나간 마누라 집에 오면
7살 철없는 아기같이
'수야 엄마 오늘은 배 아프네'

같이 좀 있고 싶어 할 때
마누라는 한평한평 꽃 심으면서
신세타령 팔자타령

길고 긴 내 인생의 얼룩짐도
다 내 탓인 줄 모르고
당신만 원망해서
미안해 우짜노

엄마라서

엄마의 삶을 살짝기 되돌아봐라
큰 역경에도 굴하지 않는 삶은
엄마이기 때문에
자식이 남들보다 부족해도
가슴에 다 삼키고
참고 또 참은 엄마는 백발이 되어도 자식 걱정

가슴에 꾹꾹 누질라 담아 살아야 할
엄마라는 그 이름 때문에
밟힐수록 강해지는 질경이보다
더 아픔이 있어도 엄마이기 때문에
걱정 중 자식 걱정이 일번

엄마한테 전화로 안부 전해올 때
너무 고마워서
밭 맴서 엄마 손 땀에 다 젖도록 더워도
엄마는 참 좋다

엄마가 표현 못해도 가슴으로 많이 사랑해
내 새끼들 전화 줘서 고마워
야야 무탈 하거래이

엄마 사랑은 자식

세상에 태어날 때 응애 울음소리
아들이면 숯과 고추
딸이면 숯과 솔가지를
부정 탈까봐 사립문에 삼칠일 달아 놓았지

엄마 젖 나올 때까지 3일을 보리차 떠먹이다
배내똥 싸고 나면
엄마 품에 안겨 젖 빠는 힘 좀 보소
방긋 웃는 아가 뒤집고 엉금엉금 기다가
아장아장 걸어서 쑥쑥 잘 크네

똥오줌 싼 천 기저귀
또랑 물에 검정비누로 매 씻어
가마솥에 삶아 빨래 방망이로 뚜디리 씻어
맹물에 한 번 더 삶아 씻어
대나무 장대에 늘어 바람에 춤추던 기저귀
우리 아기 채워주면 좋아서 손발 흔들어

모간 운동하다가 벽지 속에 흘러내린 흙 찍어 먹다
손가락 입에 물고 잠들던 우리 아가
어느새 책 보따리 어깨에 메고 학교 가네

엄마라는 그 이름

섬진강 먹물로 써내려간
이런저런 사연들
가슴 깊이 숨기고 산
굴곡진 삶

삶의 고비를 잘 넘길 수 있던 힘은
엄마라는 그 이름 때문
비바람에도 잘 견딜 수 있는 힘도
오로지 엄마라서

등이 휠만큼 힘들어도
엄마라서 다 삼키고 살아온
우리 엄마들이여

엄마라는 그 이름
그 끝은 어딜까

엄마와 딸

세상에서 제일 부러운 것
따신 방에 엄마와 딸들이
맛있는 밥상 앞에 웃음소리

좁은 밥상보다
부엌 앞에 가마니 펴고
손 녹여감서 애기 젖 물리고
된장국 한 투바리 밥 말아 많이 먹어야
우리 애기 젖 밥 많이 먹고 잘 크제
아무리 힘들어도 애기 젖 먹일 때만큼
큰 행복 또 있을까

그놈의 보리밥 먹고 또 먹어도
우찌 그리 허기지더노

엄마 품 아버지 등

엄마 젖 물고 잠들 때
포근한 엄마 품
먼 길 걸어가다 힘들 때
업혀 잠든 아버지 등

엄마 품 있고 아버지 등 있는
아들딸들아
엄마 아버지 살아계실 때
효도 좀 하고 살거라

엄마 품에 웃는 아기

모난 마음 차분하게 잘 다듬어주는
맑은 샘물 같은 엄마 마음
퍼내고 또 퍼내도 넘치는
샘물 같은 엄마 마음

아기 등에 업고 네 살짜리 손잡고
소쿠리에 호미 담아 머리에 이고 와
풀밭에 아이들 놀게 한 엄마는
젖이 땡땡 불어 큰 아이 작은 아기 품에 안고
젖 먹는 입가에 젖이 넘치도록
방긋 웃는 우리 아기

배부르면 젖 물고 잠든 아기 얼굴에 땀이 송송
뜨거운 햇볕에도 흙 묻은 손 빨면서
잘 놀아줘서 고마운 우리 아기
힘들어도 방긋 웃어 주는 아이들 크는 재미로
하루하루 행복을 먹고 사는
이 엄마는 행복합니다

도시민들에게

도시민들 음료수 마실 때
시원한 샘 보약 같은 찬물 한 바가지
왜 이리 맛있노 땀 흘린 뒤의 이 맛
속이 다 시원하네

밤 토란 고구마 삶아서
따끈한 고구마 한입 먹고
동치미국물 한 사발 마시며
이바구 꽃피는 이 온돌방

호롱불도 좋다고
춤을 추는 이 행복을
도시민 니는 우째 알겠노

여자로 살고 싶다

딸로 태어나 22살까지는
이쁜 처녀로 국제시장에서 부러움 받고 살다가
23살 12월 23일 밤 7시 30분경
어두운 논두렁길 등잔불 들고
산꼭대기 올라가던 새 각시는
논두렁길이 다 젖도록 눈물이더라

시집 와 아이 셋 낳은 것 말고
내게 여자는 없었다
지게 작대기 같은 여자 말고
남들처럼 보통 여자로
한 번만이라도 살고 싶었는데

동현이 할배

잘 웃는 당신 눈빛은 어디로 가뿔고
어느 날인가 눈빛이 흐려 보였다
사람만 보면 팔다리 주물러 달라더니
사람을 봐도 말이 없네
목욕을 시키면 너무 말라서 가벼운데
오늘은 딸과 같이 들어도 너무 무겁노

기저귀에 똥을 세 번을 누고
기저귀를 채우고 옷 입혀 눕혀놓고 일어서는데
"수야 엄마야
나는 지금 죽어도 원도 한도 없다
하고 싶은 거 다 해보고 수야 엄마 애도 많이 태워서 미안하
다"

이상해서 병원에 가보니
마음의 준비를 하라길래 호주에 있는 손자 동현이를 불렀다
"할아시 동현이 왔어요" 하니

산소 끼운 데로 눈물이 주르륵 흐른다

동현이 목소리 듣고는 그날 밤 돌아가신 동현이 할배
눈이 안개 낀 것 같고 항문이 열려 있으면
저 세상 가는 줄 몰라 미안해요
산소호흡기 끼고서 7일간 있다 돌아가시면서
똥오줌 한번 안 싸면 저 세상 가는 줄도 몰라서 미안해요

영, 호남 천국의 돌다리

3월이면 곱게 핀 매화꽃 보고 싶어 찾아오는 비탈진 이 꽃 천국에 오실 길이 너무 막혀 불편을 드려 진심으로 죄송합니다. 일 년에 백만 명이 넘게 방문하시는 이 나라 국민들이여, 이 산비탈에 홀로 핀 흰 백합꽃처럼 살기 싫어서 사람이 그리워서 이 손이 호미 괭이 삽이 되도록 부산 가스나가 남자도 여자도 아닌 머슴으로 꽃 천지를 만들었지요. 세상에서 하나 뿐인 아름다운 섬진강 천국의 돌다리가 보고 싶어 다시 왔노라. 하동~광양이 다 잘 살 수 있는 매화 마을 앞 천국의 돌다리 건너면서 힘든 마음 저 섬진강에 다 씻어 버리고 꽃같이 활짝 웃고 아름다운 꽃 향을 가슴 가득히 보듬고 가셔서 행복하시라고 50년 내 젊음 이 산비탈에 다 바쳤는데 혼자 힘으로 안 되는 섬진강 천국의 돌다리야, 이 여인 허리 더 휘기 전에, 이 여인 흰머리 주름 하나 더 생기기 전에, 이 여인 흙밥이 되기 전에, 한평생을 원해 온 아름다운 돌다리에 꽃 터널로 장식한 세상에서 가장 아름다운 천국의 돌다리는 얼마나 더 애타게 기다려야 하는가. 매화마을 천국의 돌다리야 언제쯤 만날 수 있을까. 이 여인 소원 좀 들어 줘라예

외로움

아이들 키울 때
밥상머리 도란도란 얘기가
참 좋았는데
다 떠난 빈 집에
혼자 잘 먹자고 맛있는 거 안 하게 되데

아들 딸 키울 때
밥 한 술 더 먹으려고 아웅다웅 싸우다가도
금세 하하 웃는 아이들 키울 때가 참 좋았제

그 자식들 다 떠나보내고
세월 나이 먹고 보니
이렇게 외로울 줄
참말로 몰랐네

옥환 네

아이들 어려서 서방 죽고
큰 아들 작은 아들 다 죽고
자식들 데리고 가버린 두 며느리
눈물로 사는 옥환네

누가 볼까 봐 욕할까 봐
그냥 두면 병들까 봐
"옥환아 바람 쐬러 오너라 "
그 이튿날 와서는
얼마나 울고 억울해서 땅 치다 풀을 쥐어뜯다가
나를 쥐어뜯다가 때리다가
두 시간을 맺힌 한 풀고 담배 한 대 피고는
"회장님 고맙습니다. 인자 가슴이 후련하네요"
"옥환아 집에 있으면 병 된다. 내일부터 일 와서 부에 날 때
마다 내한테 다 퍼부뻐라. 다 들어 주꾸마"
"옴서 감서 저 섬진강물에 서럽고 억울함 다 씻어 삐리자. 그
래야 산다"

월급 받아 빚 갚고 집 짓고 돈도 모아
'이 은혜 언제 다 갚냐'며
오늘도 인사하는 옥환 네야
힘내자

엄마 제삿날

가보지도 못하는 딸이라서
미안합니다
가물가물한 엄마 얼굴 잊을까 봐
기억하려고 애쓰는 딸들

시집가서 잘사는 것 보고 가시지
뭐가 그리 바빠서
돌 지난 막내딸 울음소리에
어찌 눈을 감으셨소

다섯 딸 시집 갈 때마다
온 동네 사람들 눈물잔치였는데
그래도 다섯 딸 잘 살고 있습니다
낳아주셔서 감사합니다

엄마 제삿날인데
무담시 넋두리 해보네요
미안해요 엄마

우리 막내와 병아리

막내가 아침마다 문 열고 나오면
어미닭은 병아리 데리고
모이 달라고 삐약삐약
막내는 보리쌀 한 바가지
마당이 하얗다

들에 갔다 온 엄마 병아리가
보리쌀 많이 먹고 어미닭 돼서
낳아준 알로 밥솥에 계란찜이 가득

"엄마 니도 맛있제, 인자 보리쌀 많이 퍼 줄끼다"
"야 이놈아, 밥해 먹을 보리쌀도 없는데"
"엄마병아리가 보리쌀 달라고 내만 자꾸 따라온다 아이가"

울보 엄마

쌀쌀한 초봄
꼬불꼬불한 산 오솔길
물동이 이고 오는 엄마
넘친 물동이에 다 젖은 다우다치마

물동이 내려놓고 젖은 옷깃으로 눈물 닦으면
돌 틈에 핀 매화가 방긋 웃으며
'엄마 울지 말고 나랑 같이 살자' 하네
꽃잎에 입 맞춘 엄마의 눈물에
'엄마 날마다 울보로 살래
정신 차려서 이 산천의 여왕벌이 될래'

눈물 한숨 꾹꾹 누질라 담아 놓지 말고
입 막고 울지 말고 엄마 니 가슴앓이 저 강물에 다 씻어뿌라
실컷 소리 내어 울어뿌라 가슴이 후련하도록
우리 엄마 예쁘게 웃는 모습 보고 싶다

우리 할매 할배

어릴 때 초등학교는 상이용사들이 살고
우리는 강가에서 공부하다가
비행기 소리만 들어도 머리를 풀밭에 숨기고 눈 감고
두 손으로 귀 막고 숨죽이고 있다가
비행기가 가고 나면
판자때기에 글 쓰고 가르친 우리 선생님

밤이면 저 앞산에서 뻥뻥 터지는 대포소리 난리 통에도
고모는 사랑하는 총각 만나러 이 밤중에
초롱불 들고 살금살금 싸릿문 열고 나가네
삼촌들은 반란군에게 잡히지 않으려고
봉창 안에 숨고 빈 항아리 속에 숨고
산으로 도망도 가는데

먹을거리 없어 배고픈데
고방에 곡식을 다 퍼가는 반란군 앞잡이 이웃 사람들
곡식 안 주려고 버티다가

몽둥이로 맞아서 허리를 못 쓰게 된 우리 아버지
할배는 온 동네 개똥 주워서
막걸리 개똥 술이 약이었다
두 삼촌은 반란군에 끌려가서 죽고 말았다

더러운 세상 이웃에 사는 인간아
어쩌면 반란군 앞잡이가 되어
내 새끼들 둘씩이나 죽게 하냐
날마다 눈물 한숨으로 사는
우리 할매 할배

웃고 살자

웃음 헤픈 꽃처럼
방긋 웃는 아기처럼
웃으며 살고 싶다

앙증맞은 들꽃들이
엄마 꽃 딸 손잡고 웃으며 살자 하네
이 꽃 저 꽃 입 맞추다
곱게 꽃물 든 엄마 입술
행복하게 살고 싶다

달님

외로워서
관심 좀 가져 달라고

한 번은 여인네 눈썹 같은
초승달이 되었다가
한 번은 여인네 입술 같은
반달이 되었다가
한 번은 여인네 활짝 웃는 보름달로
세상을 밝히다가

아무도 보는 이 없는 이 새벽
달님은 외로워서
울다가 웃다가
먼동이 트네

5

흙은
빗물저장고

시건방진 도시 가스나를

흙이 하소연 다 들어주는 엄마 품 같이

예쁜 꽃가스나로 잘 키워서

오늘도 나를 웃기네

내 청춘

이별하자
말도 꺼내지 않았는데
담배 연기처럼 가버린 내 청춘

어딜 갔을까
세월이 이별인 줄 모르고 살았네

무서울 게 없는
용기 좋은 내 청춘아
너무 멀리 가버려
기억만 가물가물한
내 청춘아

돌담 I

한평생을
헌신짝처럼 닳고 또 닳아
털신이 헐떡거리는 걸음으로
오늘도 돌담 쌓는 내 꼬라지

구경 오신 손님들은
사진 한번 찍자며
'올해 나이는'
'예, 7학년 9반입니다'
'와, 그 나이에 돌담을'
'예, 세상 사람들 눈 귀 마음을
즐겁게 해줄 수 있는
사람이 되고 싶어서예'

돌담 II

산비탈 외딴집 겨울은
오후 3시면 햇님이 산등에 걸터앉는다

추운 겨울 돌담 쌓다 돌에 찍혀
터지고 피나면 반창고가 약이다

멍든 손가락이 아파도
예쁜 돌담이 항아리 바람 의지돼 고맙고
무더운 한 여름
고무신이 구멍 나고 찢어져 맨발이 돼도

돌담에 기대어
저녁노을 붉게 물든 섬진강을 내려다보며
잘 살아 왔는가를 생각해 본다

검게 탄 여인은 돌 하나하나 쌓으면서
바람 의지 돌담처럼 다소곳이 살고 싶다.

인감도장

가끔 빼다지 열어 소중한 인감도장을 본다
보증 설 때마다 참 많이도 울었는데
빚쟁이도 88다랑이 논 살 날 있네

보소
그 논 사고 너무 좋아서 손톱이 다 까져
손가락마다 반창고를 감아
피가 삐죽해도 아픈 줄 몰라
88다랑이 논 뒤갈개 매고
논두렁 만들고 논두렁 풀 베고
팽이로 논바닥 쫓아 물 가두고 발로 밟아
모내기 다 하고 나면 찢어진 손톱이 아프다

그래도 쌀 섞인 밥 먹을 수 있는
논이 생겨 너무 좋아 잠도 안 오네
울고 웃던 그 인감도장
지금도 버리지 못하고 가끔 만져 본다

인생살이

피나고 깨지고 금이 가도
다 아물게 돼 있는 걸

내가 나를 판단할 수 있는 바른 길을 갈 수 있는데
물에 뜬 기름처럼 살지 말 것
엉킨 마음 다 풀고 다시 시작하는 삶아
아픔을 모르고 산 삶들이
어찌 상대방의 아픔을 알리요

삶의 운명은 다 내 몫인 것을
윗사람이 춤추면
아래 사람은 노래 부르는
행복한 삶이 내 앞에 있는 걸
인생살이 다 그런 거지 뭐

인생의 꽃

늦게 피는 꽃은 있어도
피지 않는 꽃은 없데이

나이 관계없이
내가 하고 있는 일에
열심히 산 자에게
꿈은 이루어지더라

게으른 병은 약도 없데이

인생이란

삶에 지쳐
바닥에 떨어질지라도
내 인생 뒷걸음치지 말자

넘어진 상처가 곪아 터졌을 때보다
새살 찰 때가 더 아프더라

죽고 싶을 만큼 힘든
멀고 먼 그 길일지라도
포기는 하지 말자
성공할 길도 있더라

한평생 흙에 묻혀 산 삶도
흙이 밥 먹여주고
하하 웃음꽃도 피더라

일 배우는 며느리

아버지예
아무것도 모르는 이 며느리
일 가르치며 고생하신 우리 아버지

촌가스나 며느리 삼지
왜 도시가스나 며느리 삼아
시어매와 날마다 싸웁니꺼
일 못 하고 말귀 못 알아들어
어머님 복장 치게 합니꺼
저를 날마다 울게 합니꺼

저 멀리 어머님 열쇠소리만 들으면
가슴이 뛰는 순간들
등지개 갖고 오라는데 밥 중발 가져가면
등지개도 안 배우고 시집왔냐고
반닥지 가져오라시면 산태미를

아이구 복장이야
저 며느리 어찌 일 가르치고
저 영감탕구 내 복장 터져 죽는 꼴 볼라고
촌가스나 천진데 도시가스나 며느리 삼아
어찌 일해 먹고 살긴가
야 이 영감탕구야

일본 연수 때

와카야마현을 가는 길 가
비탈진 산에 돌계단을 만들어
매화를 심을 때 얼마나 고생했을까
평지 매화도 많지만
모노레일로 매실을 실어 나르는 일본의 농사

나는 그 반대로 돌담 오솔길 가에
매화꽃 터널을 만들어
오시는 분마다 사진 찍고 영화, 드라마 촬영지를 만들어
세상사람 내 품에 다 보듬고 싶어서
저 악산도 꽃 천국 홍쌍리 돌담길을 만들고 보니

한국에서 제일 긴 다압면
논밭이 없어도 부농으로 잘 살더라
꽃이 피면 꽃물결 사람물결
온 산천에 웃음꽃 피더라

일은 나의 보람

계절 없이 때도 없이
날마다 '아지매 보고 싶어' 메아리쳐 부르는 흙

재미있어 하는 일인가
먹고 살려고 하는 일인가
허전함을 채워 주는 게 일이더라
일~일~일~ 니가 뭔데
일에 미치게 하냐

새벽에 일어나 어두워지면 들어가는 집은
잠만 자는 쉼터일 뿐
그래도 일이 재미있어 콧노래를 부르네
세상에 일이 없다면 무슨 재미로 살았을까

힘들게 일하다 허기지면 밥 먹고 배부르면 행복하지
일하기 싫은 자는 밥은 왜 먹냐
오늘보다 내일 일 니가 있어 바삐 걸어온

내 삶에 후회는 없다

서산에 저물어가는 황혼을 바라보라
얼마나 아름다운가
우리 인생 잡을 수 없는 황혼처럼
아름답게 살다 가는 것도 일이 아니던가

일할 때는 아픈 줄도 몰라
맑은 마음 밝은 미소로 살게 한 흙은
한숨~ 눈물~ 기쁨도 다 들어주는 게 일터
흙은 영원한 내 일터
흙은 영원한 내 동무

일을 사랑해보래

잘 사는 사람이 왜 잘 사는가
힘든 고비 잘 넘을 줄 아는 사람
목표를 정해 놓고
일을 사랑해보래

곡식들은 더 건강하고
주인 발자국 소리만 들어도
사랑해 주는지 먼저 알고 있더라

부지런한 사람 못 사는 사람 있던가
그 사람의 손을 보아라
얼마나 나무꾼같이 살아 온 손인가

왜 저렇게 일만 하고 사노 흉보지 마라
놀고 있으면 누가 돈 주나
일이 바로 돈이 아니던가

부지런히 일한 돈으로
노후에 자식들에게
손 내밀지 말자

일에 미쳐라

떨어지면 붙을 때까지
내 인생에 대충은 없다
설렁설렁 사는 게 싫어
설렁탕은 안 먹는다

게으른 병은 약도 없어서
찬밥 더운밥 찾지 말고
따신 밥상 받고 싶으면
일에 미쳐라

사랑하는 마누라
월급봉투 줄 돈이 있어야
현관 앞까지 마중 나오제

일하기 싫으면

풀밭에 드러누워
나무들아
이 몸이 흙이 되면
흙 이불 빗물에 떠내려갈까 봐
나무뿌리 니가 꼭 좀 보듬어줘라

이야기 중에
저 멀리서 슬피 우는 뻐꾹새 소리 들어 보소
계집 죽고 자식 죽고 내 혼자 어찌 살꼬

그래 나도 엄마 죽고
보고 싶어 참 많이도 울었제
백발 된 이 나이에도 눈물이
풀잎에 이슬이 맺히네

오늘도 왜 엄마 얼굴이
가물가물 하는가

자식 꽃

엄마는 자식이 꽃이라
아들 딸 똥오줌 기저귀 씻고
배고파 울면 안고 젖 물려 달래다
업고 잠 재우던 우리 엄마

아프면 밤새도록 배 만져 주고
머리에 수건 얹어 주고
아낌없이 다 주던 엄마는
쳐다만 봐도 배부른 자식 꽃이지만
자식은 어매 똥오줌 만지기 싫어
병원에 맡기데

태어날 때 아기가
나이 들면 또 아기가 되는
이 삶을
그 누가 막으리

자연이 말하네

자연이 나를 부르는 소리
맑고 아름다운
자연의 웃음소리로 들리는데

먹구름 끼다 쏟아지는 빗소리에
자연이 아무리 나를 불러도
내 귀에 들리지 않는데도

풀벌레 노래 소리에
자연은 좋아서
웃음을 멈출 줄 모르네

자연을 동무삼아 울컥할 때는 눈물로
기분 좋은 날은 즐거운 노래 불러
자연이 이야기 하는 대로
다 받아 써 보니
시도 되고 노래도 되더라

자연이 준 커텐

새벽마다 조잘거리는 저 새들은
어서 일어나라고 엄마를 깨우네

사랑하는 식구들 지저귀는 노래 소리에
창문을 열어 저 푸른 자연을 바라보아라

두둥실 떠다니는 하얀 구름 커텐들
밤새도록 하느님이 흘린 비 눈물에
엄마 가슴 다 적신 비야
너는 어찌하여 엄마 외로움 다 씻어주는
비 커텐이 되었나

가을바람에 날리는 낙엽처럼
이 엄마도 한번 날고 싶은데
곱게 물든 이 가을에
사랑하는 산천초목 커텐이 있어
아름다운 농사꾼이 되었제

자연처럼

얼굴이 시리도록 추운 이 봄날에
눈 속에 핀 매화꽃 복수 초처럼

양지바른 산그늘에
추워서 오돌 오돌 떨면서 핀 봄꽃처럼

찜통더위에 물 먹고 싶어
하느님 원망하다
장독대 담장 밑에 핀 봉선화처럼

꽃은 춤추고 농부는 노래하고 새들아 피리 불어라
힘든 마음 저 구름에 바람에
다 날려 버리고
농부들이여 향기 있는 꽃처럼 살다 가세

정부야 니 뭐 하노

일할 사람 없어 묵힌 땅이 얼만데
아들딸 일자리가 왜 없노
정부야 농민인증제를 만들어
많이 배운 요즘 사람 지역 따라
기후 토질 특성을 잘 검토하여
맛 향 약성 있는 먹거리 천국을 만들든지
관광농원을 만들든지

비싼 사료보다 논이 많은 농가엔
호밀 밀 보리를 심어보래
겨울 보리는 잔디요 봄보리는 이슬이 아닌 보석이요
보리 꽃은 바람에 휘날리면 작품이라
보리가 익으면 황금벌판 사이로 걸어보래
신선이 별건가 농사꾼이 신선이제
보리 베서 먹인 소고기가 약 이제

정부야, 임야가 70% 높은 곳은 양을 키우고

낮은 산은 소를 키우도록 한번 도와줘 보소

조상님은 밥 먹고 싶어 허리띠 졸라매감서 굶주림에 일군
저 논밭에 높은 집은 왜 자꾸 짓는가
밥 먹고 사는지 겨우 40년도 못 됐는데
언젠가는 물 식량난이 올 것인데
걱정에 조상님들은 땅 밑에서 통곡을 하시네
제발 논밭에 집 짓지 말라고
논 만들 때 고생한 걸 생각하면 피눈물이 흐른다 하시네

저 산에

딸들의 통곡 속에 낙엽 지듯 떠나버린
우리 엄마
살아계실 때 자식들 키우느라
울고 웃던 우리 엄마
서로 미안한 말 오가도
못 잊을 우리 엄마

엄마 찾아가는 소래 길에
가랑잎 끌어안고 울던 엄마 딸
차디찬 흙 속에서
막내딸 울음소리 저승에서도 들을까

산소 앞에 흘린 눈물에
엄마 옷 잔디가 다 젖네
산소 자주 못 가봐서 미안해요
엄마

조심

비탈진 산에서 내려오다 떨어져
너무 많이 다쳐 앞이 캄캄
아무것도 보이지 않을 때
다시 일어나 일할 수 있을까
눈물 또 눈물이

똥오줌을 두 달이나 받아내 준
딸이 고마워서
그런 아픔 또 만날까 봐 조심
그래도 손에 잡을 일이 너무 많아
손한테 미안해도
삶의 보람은 일이 아니든가

지렁이

'새댁아, 사람이 온 줄도 모르고
혼자서 뭐라고 중얼중얼 시부리노'
'아재요, 지렁이가 호미에 찍혀 피 흘리며
아파서 팔딱팔딱 뜀서 운다 아임니꺼'

치료해 줄 수도 없고 너무 미안해서요
지렁아 니 죽고 나면 불쌍해서 우짜노
흙으로 묻어 줌서
처음 밭 매는 일이라
뭘 몰라서 참말로 미안하다
지렁아

찜통더위

바람 한 점 없는 더위에
숨이 막혀 고추를 딸 수가 없네

아지매들은 물에 빠진 사람처럼
옷은 땀에 다 젖고 목에 두른 수건은
땀을 짜서 또 목에 걸치고

고추 딸 때마다 매실사탕을 입에 물린다
새참 국수는 매실 얼음물 타서 마신다
이 더위에 고생하는 아지매들
땀으로 다 흘러버리고
하루 종일 오줌 싸러 가는 사람 없네

땀방울이 빗방울이 될 수 있다면
곡식들 잎이라도 적셔주련만
농민의 가슴이 다 말라서예
하느님이시여
소낙비라도 좀 주이소

참회

늙어 가는 것이 아니라
익어가는 황금벌판의 벼이삭처럼
삶의 작은 행복에 감사한 나날들

작은 풀꽃은
내 얼굴에 미소를
나도 웃고 풀꽃도 웃는 그 순간들이
행복인줄 알고 살았네

나이 들어 잘못을 뉘우치고
용서를 고하고 참회하는 삶이 어떻냐
지금부터라도 미운 짓은 다 버리고
곱게 늙어감이 어떻노
다소곳이 머리 숙여 살아보래
안 먹고 못사는 벼이삭처럼

호박죽

호박죽 끓이는 큰 솥
넓은 호박죽 가슴에
밤 아들 팥 딸이 덩실덩실 춤춘다
끓으면서 톡톡 튀고
장구 치고 꽹과리 치는 듯
찹쌀이랑 정답게 놀고 있다

호박죽 누를까봐
주걱으로 젖는 엄마 손목에 팅겨
깜짝 놀라 '엇 뜨거버라'
우리 엄마 맛보면서
'와 호박죽이 맛있네'

황금빛 된장

다 익은 콩은
도리깨로 얼마나 뚜디리 맞아야 콩알이 까질까
콩은 무쇠 솥에 삶기면서 아픔을 못 이겨 눈물짓고
솥뚜껑이 들썩거리도록 흐느낀다

절구통에 찍힌 메주는 지푸라기에 매달려 마르고
곰팡이 피고 항아리 소금물에 찐 다 빠진
간장 뺀 된장 없이 못 사는 우리의 밥상

우리 인생살이도
메주처럼 주름지고 검버섯 피도록
자식 거름 밥 되어주다 찐 다 빠진 우리 부모님이
황금빛 된장처럼 잘 살다 가실 때까지
효도 좀 하고 살자

후유~

그 무거운 짐 혼자 다 끌어안고
손바닥에 못이 박히도록 매화나무 심다가
허기지고 어둠이 깔려 집에 오는 이 산길

끝이 보이지 않는 이 서러움
스치고 지나가는 바람결에
울다가 웃다가

집에 와서 등잔불 켜놓고
시디신 김치 한 번 집어먹고
밥 한 번 떠먹는 그 여자는
빛바랜 기억으로
또 글을 쓰네

훈이 아부지

나보다 한 살 어리고 작은 체구의 훈이 아부지는
정남이 집을 짓는데
한 아름씩 밤나무 둥치를 지게에 짊어지고
쉬지 않고 한 번에 달린다

날마다 등짐에 지게는 반들반들 낡아도
젊어서부터 등짐으로 벌어 논밭 사고 좋은 집에 산다
같이 일하던 아제들 다 돌아가셨지만
75살 되어도 일 잘하고
해맑은 웃음이 떠나지 않는다

가끔 우리 집 일와서는
힘들고 고생한 옛 이야기 웃으며 나눈다
앞으로도 재미지게 살자
훈이 아부지야

휠체어 탄 엄마

꽃 축제 때마다
백발 된 엄마를 휠체어에 태우고
매화꽃구경 오르막길에 휠체어 밀며
도란도란 이야기하는 효자 아들이 참 부럽네
엄마 입에 맛있는 거 넣어주는 효녀 딸들이 너무 부럽네

나도 엄마가 있다면
손잡고 구경도 가고 맛있는 것도 먹어볼 낀데
기억나지 않는 엄마 얼굴

엄마 그것 살고 갈 것을 원망도 했는데
백발 된 딸이 지금도 가물가물한
엄마 얼굴이 그립습니다

흙, 꽃, 물같이 살고 싶어라

끝없는 내 욕심은 꽃 심고 가꾸는 재미
철따라 꽃이 피면 꽃의 여왕벌이 되었제
꽃동산 바위 돌에 누워
숨어있는 약한 마음 뽑어내고
노래 한 번 크게 부르면
풀밭 꽃들은 다 들어 주더라

풀밭 위에 핀 꽃 한 송이처럼
몸과 마음을 씻어주는 샘물처럼
우물가에 부드러운 물이끼처럼
사랑받는 삶을 산다면
흙, 꽃, 물 있어
내 마음 녹슬지 않았네

흙 매니큐어

내 마음 비온 뒤 굳은 흙처럼
단단하게 살라 하네
비에 젖은 흙은
살짜기 내 옆에 와
내 두 손 꼭 잡고는
흙 매니큐어를 발라주네

밥 때 되어 아무리 손 씻어도
손톱에 낀 흙 매니큐어는 잘 지지 않아
남들은 내 손이 더럽다 해도
밥하고 반찬 만들어
식구들 맛있게 잘 먹어도 배탈 없더라

비온 뒤 굳은 땅
흙은 단단하고 야무지게 살라 하네

흙아 나무야 사람아

산에 나무들은
사람이 그리워서 손짓을 하네

사람은 삶을 다 하는 그날 눈 감으면
자식들은 양지바른 산기슭에 집을 지어
뼈와 살이 다 녹도록
흙 품에 동무로 살아가네

흙아 나무야 사람아
우리의 넋이
아름다운 금수강산을 만들었제

흙은 나의 스승

시건방진 도시 가스나를
흙이
하소연 다 들어주는
엄마 품 같이
예쁜 꽃가스나로 잘 키워서
오늘도 나를 웃기네

눈가가 촉촉이 젖도록
내 마음 꼭 잡아준 흙이 고마워서
그래 그렇게 사는 거야
흙에 정 붙이고
잘 살아줘서
고마운 도시 가스나야

흙은 빗물 저장고

빗물에 파인 바우돌 틈의 고인 물은 목마름을 적시고
먼지가 쌓이고 쌓인 바우돌 틈에 핀 꽃 한 송이
흙 속에 저장된 물은
나무도 먹고 사람도 먹고
농사에 소중한 생명의 물
우리 삶을 지켜주는 소중한 흙 속의 물

빗물이 모여 연못이 된 흙 창고에
고인 물이 개울물 되어 흐르는 물노래 소리에
고동도 살고 가재도 살고
물가에는 꽃이 피고 새들 지저귀는 곳은
사람이 살고 있다

달 밝은 밤 목욕함서 오순도순
이야기 웃음꽃 피는 시골 여인들의 행복
도시민들이 어찌 샘이 안 나겠노

흙은 엄마 품속

흙은
포근한 엄마 품에 안겨
아기가 젖 물고 있는 엄마 젖가슴 같은 것

엄마는 흐르는 개울물 이고 와
밥하고 국 끓인 밥상 앞의 행복도
흙 덕이라 했다.
엄마 손맛으로 살아온 세월
눈감으면 아련히 떠오르는
엄마의 콧노래

웃음 꽃피는 곡식들은 예쁜 삶 살라 하네
똥오줌 다 받아주는 흙의 넓은 가슴이나
아기 똥 기저귀 갈아주던 우리 엄마 손이나
다를 봐 뭐 있는가

흙의 넓은 가슴은 먹거리를 주었제

굶주림에도 아기 젖 물려 키우고 잠들 때까지
빈 젖 물려 꼭 안고 재워준 우리 엄마
끼니때마다 밥 꼭꼭 씹어
아기 입에 넣어주던 우리 엄마

늙아 엄마야
이 은혜
언제 다 갚을꼬

흙의 선물

더운 날 밭 매느라 땀 흘린 뒤
시원한 된장 물에 사카린 타서 마셔봤나
체했을 땐 된장 물 마시고 토해뿌라
손에 상처도 된장 바르면 쓰리고 아파도
된장같이 좋은 약 또 있던가 농촌의 보약이다

삶을 뒤돌아 보아라
쓰리고 아픈 마음의 상처도 다 지나 가더라
조상님이 남겨준 논밭 있어
조상님이 만들어준 먹거리
고마운 마음에 두 손 모았제

거짓 없는 흙처럼 사는 농민의 엄마 천사
그리운 고향 같은 농민의 엄마 천사
머리가 백발이 되도록
밭 매던 할매 천사가
시원한 바람에 땀 식힐 때가

행복인줄 알고 살았제
아련히 떠오르는 엄마 모습에
그 옛날 고생한 우리 엄마 천사들이여

아름다운 농사꾼 홍쌍리 자전시집

매화는 내딸 매실은 내아들 1

초판 인쇄 2023년 3월 5일
초판 발행 2023년 3월 10일

지은이 홍쌍리
펴낸이 김상철
발행처 스타북스
등록번호 제300-2006-00104호
주소 서울시 종로구 종로 19 르메이에르종로타운 B동 920호
전화 02) 735-1312
팩스 02) 735-5501
이메일 starbooks22@naver.com

ISBN 979-11-5795-681-4 04810
979-11-5795-680-7 (세트)

ⓒ 2023 Starbooks Inc.
Printed in Seoul, Korea